De enfermeras

y pacientes...

(y algún que otro médico)

Magela Gracia

© de los textos: Magela Gracia (magelagracia.com)
© del diseño de la portada: Kris Buendía
Corrección del texto: Bárbara Padrón
Maquetación y edición del texto: Marcos Fernández

1ª edición: Diciembre 2015
2ª edición: Agosto 2017
ISBN: 978—84—608—4843—1

Depósito Legal:

EDICIONES PERVERSA

Sé que, a estas alturas, ya no te esperabas que fueras a poder leer un libro mío. Llevarlo en el bolso. Sacarlo en la sala de espera cuando estás esperando por tu cita en algún médico. Decirle a tus amigas que tu hija ha escrito un libro que quieres que lean.

Sé que sabías que escribía otras cosas, aunque nunca te haya dado por leerme más allá de los relatos que te imprimía en papel y te llevaba a casa. Eso de leerme en el blog no te hacía gracia. O no lo entendías. Los ordenadores siempre te han sonado a lenguaje HTML.

Sé que te va a hacer mucha ilusión, por fin, poder coger un libro mío entre las manos y leerlo sin sonrojarte.

Sí, este libro es para ti, mamá...

Aunque te aviso con tiempo. Cuando llegues a la parte donde se lee "Fetiche: cofias y medias blancas" deja de leer. Esa parte del libro es para cuando seas mayor. Ahí vuelvo a ser muy perversa.

Gracias por ayudarme a convertirme en la enfermera que soy ahora.

Gracias por cuidar de mí cuando yo no sabía lo que era cuidar.

Y sigues haciéndolo...

Te quiero, mamá.

En Las Palmas de Gran Canaria

A 5 de Febrero de 2017

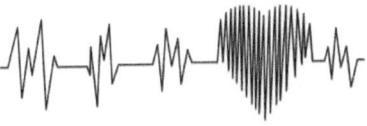

Agradecimientos

Ya sabes a quién le voy a dar las gracias ¿verdad? A Marcos Fernández, por corregirlo y editarlo; que siempre lo tengo ahí, esperando a que le mande nuevo contenido para quitarle a mis textos esas expresiones que sólo entiendo yo. A KG Flowers por hacerle la maravillosa portada; siempre tiene la paciencia necesaria para cambiarla una y mil veces hasta que a mí me hacen chiribitas los ojos. A todos los que me han aguantado mientras escribía. A ti... por leerlo.

Pero en este libro... tengo que agradecerle algo también a mi padre.

Sin él, probablemente nunca habría llegado a estudiar enfermería. No, digo mal. Sin él nunca me habría atrevido a estudiar enfermería. Sufro mucho con el dolor de las personas, y verla todos los días en el trabajo no era, ni por asomo, lo que se me pasaba por la cabeza con apenas dieciocho años.

Y si no llego a meterme en la facultad de las Ciencias de la Salud, conocido a mis profesores, compartido vivencias con mis compañeros de clase y aprendido gracias a la tolerancia de mis pacientes... puede que hubiera escrito muchos relatos sobre enfermeras, pero nunca habría llegado a ponerme en la piel de una. A sentir como lo hago ahora.

Y eso es indispensable para poder ser lo que soy y entender a las personas como lo hago.

Y escribir... aunque mi padre nunca quiso que lo hiciera.

Él me obligó a ser enfermera, porque no iba a permitir que su hija pasara hambre tratando de encontrar mi hueco en algún periódico como periodista. Él siempre quiso que fuera enfermera militar...

Gracias, papá. Por ser tan cabezota y darme un presente y un futuro. Sé que allá arriba te estarás tirando de los pelos cada vez que saco a la venta un libro erótico, pero este va de lo que tú querías.

De enfermería...

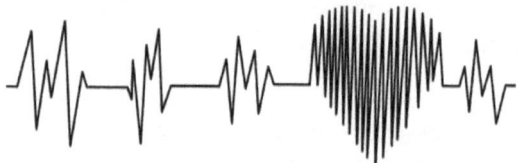

Índice

Escribir es la mejor cura
que conozco para el alma...
después de un abrazo.

Ven a curar tus heridas.
Ven y deja que te abrace...
con palabras.

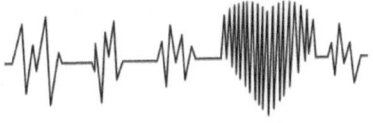

Prólogo

Recuerdo todavía una de las primeras frases que nos dijeron al principio de la carrera de enfermería.

"El médico cura y la enfermera cuida".

Esas palabras me hicieron meditar mucho, ya que yo había acabado estudiando enfermería porque mi padre así lo quiso. Yo iba para periodista, pero él no pensaba pagarme esa carrera. Decía que para ver a una hija morirse de hambre no daba dinero.

Escribía mientras almorzaba, entre las prácticas y las clases de las tardes. Mi almuerzo se reducía muchas veces a medio litro de leche con cacao, cosa que con el tiempo, y tras estudiar dietética y nutrición, dejé de lado. Y al terminar la carrera, seguí escribiendo y lo sigo haciendo ahora porque, como dicen los psicólogos, "a veces escribimos para solucionar problemas".

Hay ocasiones en las que los pacientes te hacen reír; otras veces te enfadan y otras lloras con ellos o en soledad cuando se marchan. Hay veces que te hacen sentir sexy, idolatrada como mito erótico y otras te llega a la consulta una anciana de ochenta años que se mantiene perfectamente sobre sus esbeltos tacones y la envidias con todas tus fuerzas porque te hace sentir desarrapada.

Somos el tipo de persona que ve pasar mil historias delante de nuestros ojos. Algunas nos marcan. Otras preferimos olvidarlas. Y, alguna vez que otra, también se cruza un médico por nuestro camino y nos dibuja una sonrisa en la cara.

Yo escribo para solucionar problemas...

Yo escribo porque, a veces, no tengo ganas de que mis historias se queden olvidadas.

Y aunque no todas las personas pueden ser curadas... todas pueden ser cuidadas. Yo, de una forma un tanto particular, he querido cuidarlas a mi estilo, no muy de Marjory Gordom o Florence Nigthingale, y convertir las historias de una vida de enfermera en unos cuantos relatos que espero que te acaricien el alma, te saquen una sonrisa o te ericen la piel al imaginarte lo morboso de la escena.

Soy enfermera... y cuido a mi manera.

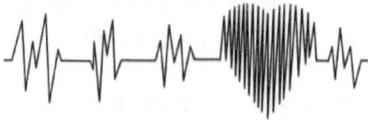

Lágrimas que sanan

Muchas veces necesito llorar para que el cuerpo deje de dolerme. Me molesta incluso respirar, no consigo tragar la saliva que se acumula en mi boca y me paraliza una impotencia que viene seguida de un temblor nervioso muy intenso.

Y de pronto... llega la primera lágrima.

Los ojos dejan de ver, la garganta se estremece y el llanto se adueña de todo. Da igual donde me pille. Prefiero llorar si lo necesito a sentir que me ahogo con ese nudo horrible en la garganta.

Mi madre me dice siempre que llore, que no me trague las lágrimas... Ella no puede llorar porque hace muchos años que se le secaron los ojos y me tiene envidia. "Llora, hija, llora."

¿No te pasa?

¿No necesitas, de vez en cuando, llorar para despejar el alma?

Las enfermeras lloramos mucho.

Los pacientes también lloran.

Imagino que los médicos también lo hacen, porque a alguno he pillado con los ojos rojos en la consulta al abrir de improviso la puerta. Aunque... ya sabes. Ellos prefieren guardar las apariencias. ¿O no todos?

¿Lloramos un poco?

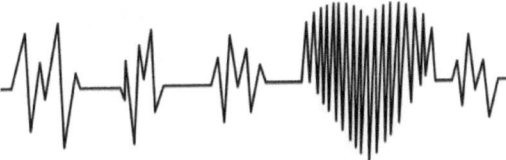

Vasos De Cristal Para Un Alcohólico Anónimo

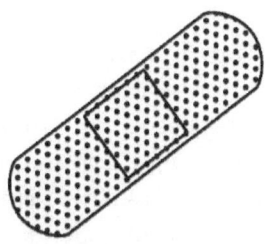

Cuando te has terminado la cuarta copa ya no te acuerdas de por qué te bebiste la primera. La cuarta hace que la cabeza dé vueltas, que te rías de todo, que la vida parezca menos seria. La cuarta copa chocaba siempre contra la madera de la barra del bar de la misma manera tras ser acabada, con satisfacción casi del deber cumplido, y hasta muchas veces acababa haciéndose añicos por el golpe.

La tercera no tuvo ese efecto, por desgracia. Se la bebió como si temiera que fuera a evaporarse del vaso, con miedo a que el cristal quemara de pronto y el líquido elemento se le escapara convertido en volutas de humo. Necesitaba acabar pronto con todo aquello y por eso bebía deprisa, sin paladear porque tampoco era que le gustara demasiado el sabor del alcohol o lo áspera que se le quedaba la boca después de beber en exceso.

Con la tercera todavía le dolía el alma...

Pero con la segunda también lo hacía el cuerpo. Ese extraño nudo en la garganta no se le alivió tras dos copas cargadas de un alcohol que sabía a promesas vacías. Demasiado dulce, tal vez, para lo amarga que tenía la boca. La segunda copa dolió porque llevaba poco dinero en el bolsillo y sabía que si no se emborrachaba pronto no tendría para pagar la cuenta. Pero, sobre todo, porque era capaz de recordar exactamente las monedas que llevaba encima.

Y lo que quería era olvidar...

Y no se podía olvidar simplemente con dos vasos cargados de amnesia líquida.

La primera copa llegó a su mano casi sin haberse sentado en el taburete del bar, ese que estaba acostumbrada a ocupar casi una vez por semana en el último año. Llegó con los ojos hinchados por el llanto y las lágrimas secas surcando la piel acartonada. El camarero sabía lo que solía beber cuando llevaba esa mirada en los ojos y esa sonrisa triste en los labios. No tuvo que preguntar nada tras saludar por su nombre y elegir el tamaño del vaso que rellenaría durante toda la noche.

Tampoco le preguntó si tendría dinero al final de la noche para pagar la cuenta.

Tenía la cuarta copa en la mano y seguía doliendo, el cuerpo y el alma, aunque no debía haber pasado. Ese cuarto vaso era el liberador, pero seguía recordando. La alquimia esa noche no había funcionado. Miró al camarero, apuró el trago, y lo puso sobre el posavasos que rezaba un simpático mensaje de *"Hoy no busco príncipes azules sino amantes bandidos"*.

Era la invitación para seguir rellenando el cristal con el dulce y amargo sabor de la derrota, a la espera de que se tornara en amnesia.

Nunca se había tomado una quinta copa; siempre le bastaba con cuatro.

Pero siempre tenía que haber una primera vez para todo. No sabía si perdería la consciencia con ella, aunque no iba a abandonar ahora que ya estaba tan cerca y se había propuesto olvidar a golpe de alcohol en vena.

Tal vez, simplemente, lo que importaba era perder la cuenta...

Palabras

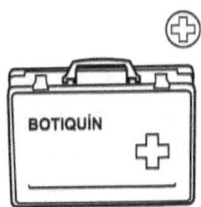

No dice ni una palabra.

Anda perdida y no sólo porque no sepa dónde está. Su mente hace mucho tiempo que dejó de acompañarla en el camino por el que avanzan sus pasos, pero aún no es una certeza porque nunca he podido comprobarlo. En sus anteriores visitas se las ha arreglado para burlar los test que le hago, aunque creo que hoy le va a ser imposible hacerlo.

Su mirada la delata; sus ojos no me miran y, si lo hacen, a veces es porque, en su vagar por la consulta, se cruzan espontáneamente con los míos.

Y, a pesar de todo, se la ve muy entera...

Su hija está sentada a su lado. Hoy lleva escrito en el rostro las palabras que siempre me ha verbalizado. Cansancio, desesperación... Por encima de todo, miedo. Su madre ha ido dejando de ser la señora que era para convertirse en una extraña que apenas la reconoce. Y, lo peor de la historia, que se empeña en llegar cada mes a su cita conmigo y recuperar el mínimo de memoria para responder con elegancia las preguntas que le hago. A veces pienso que esas respuestas las memorizó hace años por terror a que la olvidaran en un asilo y que invierte las horas muertas en casa frente a la ventana repitiéndolas una y otra vez.

Se empeña en no ser declarada incapaz. Tal vez es lo único por lo que derrama aún alguna lágrima.

Porque, desde luego, no parece que tampoco sienta mucho.

La imagino hace diez años buscando las respuestas a mis futuras preguntas, apuntándolas en una libreta de esas que caben perfectamente en un bolsillo y repitiéndolas en voz alta nada más jubilarse. Una libreta como libro de mesilla de noche, que leer y releer cada vez que se metía entre la sábana bajera y la colcha de la cama.

La imagino, tozuda, exigiéndose ser capaz de contestarlas aunque se estuviera cayendo de sueño. La imagino, precisamente, perdiendo el sueño por ser capaz de repetirlas todas.

Libreta, bolígrafo y pastillas milagrosas para mejorar la memoria como elementos de decoración junto al cabecero de la cama. Sudokus tal vez, incluso algún que otro librito con un montón de sopas de letras.

La foto de su hija también... aunque por ese entonces seguro que no pensaba que pudiera llegar a olvidarla.

— No me reconoce. Se pasa los días sentada mirando la calle desde el segundo piso. Tengo que recordarle que coma, que vaya al baño, que se acueste a dormir. A veces creo hasta que le hace falta que le diga cuando respirar... ¡No puedo más!

Y aquí está, maquillada y peinada de peluquería, con un camafeo adornando un pañuelo en el cuello, como si la cosa no fuera con ella. Se prepara durante treinta días para su cita, para salir victoriosa, para que no le despoje de lo único que le importa. Tiene que parecer digna, al menos un ratito al mes. Y, mientras, su única hija asiste impotente a su deterioro y decrepitud con la rabia de saber que no puede hacer nada... y que, aunque ella no quiera, necesita ayuda.

— ¡Qué pena! —pienso, mientras repito metódicamente las preguntas que el ordenador me va indicando, mientras ella, muy tiesa en la silla, hace las conexiones necesarias en su cabeza para volver a la consulta de dónde quiera que se encontrara y clavar los ojos en mí.

Me ve por vez primera aquel día.

No falla ninguna pregunta.

Su hija se echa las manos a la cara y comienza a llorar, desolada. Sólo dentro de aquellas cuatro paredes es capaz de recordar su nombre y que es la mujer que la parió entre horribles dolores. Me duele tanto como a ella, que la abraza y le pregunta por el motivo de su llanto. Una madre consolando a su hija, como si no existiera una razón para preocuparse.

"Todo está bien, mamá está aquí contigo".

Decido, a la desesperada, inventarme una pregunta nueva que introducir en la dinámica del test. Si es verdad que se aferra a las respuestas que se sabe de memoria cambiarle algo tan sencillo hará que falle.

— ¿Puedes repetir estas palabras? Astronauta, Jesús Hermida, Maspalomas, Lauren Bacall —las enumero según me vienen a la mente, tras recordar un reportaje que me tuvo en vela la noche anterior delante de la tele, con una manta sobre el regazo, sin imaginar que la cadencia de palabras de ese periodista harían que lo nombrara en mi consulta al día siguiente.

Le tiembla el labio, me mira con pena y, mientras me disculpo en silencio por habérsela jugado, ella, también en silencio, comienza a llorar.

La Noche Más Larga

No quiero cerrar los ojos.

Son las tres de la mañana y estoy agotada. Siento que me abandonan las fuerzas tras las duras horas de parto, pero lo único que me resta es la espera. Si me quedo dormida su vida habrá acabado en un suspiro.

En un pestañeo de mis párpados, en un tiempo que no podré recordar luego...

No quiero quedarme dormida porque son los únicos minutos que le quedan a ella. Si no los vivo será como si mi hija no hubiera existido, como si fuera el pasaje de un mal sueño que hizo que engordara durante nueve meses para conducirme a la cruel realidad de su vacío. Y quiero recordarla, aunque apenas viera su carita un instante antes de perderla. No podría soportar el hecho de no estar al menos consciente en sus únicos momentos de vida.

Me han dicho que no hay nada que hacer por ella...

Por eso escribo ahora, a las tres de la mañana, cuando la ciudad duerme y la planta está en calma, salvo por las constantes llamadas de teléfono que arrancan gritos de mi garganta en la soledad de mi cama, pensando que en una de ellas llegará el aviso que anuncie el fatal desenlace.

Por eso escribo ahora, esperando que sea mi noche más larga, y que la mañana traiga esa esperanza que todo el mundo se ha empeñado en arrebatarme.

Mi noche más larga... porque es la única que le han concedido con sus pronósticos de bata blanca y mirada de haber dado la misma noticia mil veces antes de aquella.

Lloraré luego.

Tal vez, incluso, muera de llanto.

De lo que estoy segura es de que me volveré loca escuchando sonar el puto teléfono. No se oye nada más en esta planta, a esta infernal hora, con esta oscuridad tan densa. Me dejaron una habitación para mí sola para que llorara mi pena sin que nadie me mirara deshacerme en lágrimas, al final de un pasillo donde, por fortuna, no se escuchaban llantos de bebé pidiendo el abrazo y el calor del pecho de una madre.

Pero no soy capaz de llorar, aunque no haya nadie para decirme que me calme, o eso de que todo se solucionará y que el sol siempre trae un rayo de esperanza. Por fortuna, nadie tiene que estar allí a mi lado dándome ánimos cada vez que me apuñalan el pecho con el horrible sonido que sale del teléfono. Por suerte, no tengo a nadie cerca para decirle dónde me gustaría estrellar ese endemoniado y asqueroso objeto...

Ahora no puedo permitirme las lágrimas. Si lo hago en este momento sé que emborronaré las palabras y son las únicas que me acompañan mientras me falta su cuerpo pegado a mi piel, mamando de mi pecho dolorido.

Mientras, su vida, en otra parte del hospital, se me escapa.

Estas páginas de diario han de perdurar conmigo junto con mi amargura, recordándome mi noche más larga, esa a la que con uñas rotas me aferro. Páginas con las que intentar encontrar la cordura cada vez que amanezca un nuevo día, recordándome que mi pequeña me ha abandonado.

Que me la arrebataron casi sin verla y, con ellas, las de seguir viviendo.

Al salir el sol, maldito y odiado por siempre a partir de mañana, encontraré un momento para derramar mis lágrimas.

Aferrarte La Mano

Tenía los pechos llenos de leche.

Salí corriendo del hospital, tras dos noches sin tocar la acera de la calle. Llevaba todo ese tiempo sin dormir, sentada al lado de mi padre, con su mano entrelazada a la mía y la vista clavada en sus ojos cerrados. Todo me olía a hospital, con sus productos de limpieza y las medicinas —que seguro que más de uno era capaz de identificar por el olfato— pero, en su día, esas manos siempre olieron a tabaco rubio y a aguacate. Unas manos que le quitaban la piel rugosa a esa fruta cuando yo era una niña, llenándose las uñas de verde y que le echaban demasiada sal como para que pudiera saber tan bien como recuerdo que olía.

Me empeñé en contar sus respiraciones, cada vez con más segundos entre la que se hacía llamar uno y a la que yo llamaba dos.

Cada vez más escasas… y superficiales.

Desordenadas, como sus cabellos… o como las arrugas a los pies de la cama.

Salí corriendo, enfadada. Con los pechos doloridos casi tanto como mi alma. Mi bebé me esperaba por fin en el coche, presta a saciarse y a calmar la presión que me tenía en un grito. Tal vez, si el dolor físico desaparecía se mitigaría también el miedo que se había instaurado al ver cómo se apagaba mi padre.

"No te mueras hasta que regrese..."

Mientras mi hija saciaba su hambre, yo derramaba lágrimas amargas. Me repetía que eran sólo unos segundos, que ella lo necesitaba y yo también. Quería aprovechar para grabar un vídeo con sus risas mientras me tenía cerca, contenta de verme tras los dos días de ausencia.

Mejor que mi padre escuchara carcajadas de su nieta a los gemidos lastimeros de su hija, que se negaba a perderlo...

"No te mueras hasta que regrese..."

Era una orden más que un ruego, porque sabía que mi padre no era de atender suplicas. Su carácter no se lo permitía. Pese a ello, haber sido militar toda su vida había hecho que las palabras duras y tajantes tuvieran mejor efecto en su endurecida sesera.

Quería que escuchara a su nieta y no se fuera al otro mundo con los oídos llenos de mi llanto amargo. Ojalá hubiera sido capaz de decirle que todo estaba bien y que se podía ir tranquilo y en paz, que sabía que me estaría cuidando desde donde le diera la gana de quedarse tras la muerte —porque ya sabía yo que mi padre no era mucho de pensar en que se mereciera ir al cielo, si es que en verdad le daba el susto y resultaba que existía—.

Pero del susto no se podía morir dos veces...

No le dije nada de eso. Sólo lloré...

Pero en vez de obedecer, hizo exactamente lo contrario. Aprovechó para escaparse de mi lado cuando yo no pude aferrarle la mano. Sabía que no lo dejaría ir sin pelearme con él, sin gritar o desesperarme. Sabía que correría a llamar a la enfermera, tratando que aumentaran el ritmo de infusión de los sueros para que no le bajara la tensión arterial que se reflejaba en el monitor en la cabecera de la cama.

Sabía que intentaría que llevaran a su cuarto el carro de parada, aunque mi madre había firmado ya una orden de no reanimar...

Aprovechó para desaparecer cuando yo tenía entre mis brazos a mi hija, en mi coche, con mi marido... y me dejó huérfana haciendo lo que tanto le había molestado que hiciera yo.

Desobedecer...

Allí me quedé yo, en la puerta de su habitación en cuidados paliativos, resbalando hasta el suelo, con el vídeo de las risas de mi hija guardado en el móvil, entre esas manos que no volverían a aferrar las suyas.

Monstruo En Casa

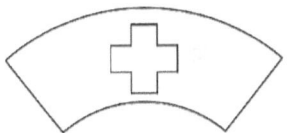

Otra vez su madre había tenido que trabajar en el turno de noche, vestida de blanco, para cuidar de otros niños. Le había dejado un tierno beso en la frente a modo de despedida y había cogido las llaves del coche para no llegar tarde a hacer el relevo.

Otra vez su hermano se había quedado a dormir en casa de un amigo. Eso de poner una tienda de campaña con tres palos de escoba y unas sábanas en medio del salón le gustaba mucho y en los pisos de los compañeros de colegio sí permitían rodar los sofás para poder hacerlo.

No como en su casa…

Otra vez estaba metida en la cama, temblorosa, mirando la puerta por donde se colaba una rendija de luz que ojalá hubiera logrado tranquilizarla.

Pero la luz del pasillo no le gustaba.

Nada.

Tal vez el sonido del televisor era un consuelo para muchos niños. El ruido de la loza al ser depositada en el fregadero tras ser recogida la mesa indicaba que había alguien en casa a quien poder pedir que le leyera un cuento. Los pasos de camino al baño reconfortaban la mayoría de las veces, cuando la modorra hacía que los ojos se entornaran y la visión se hiciera borrosa.

Eso pasaba sólo cuando su madre no tenía turno en el hospital. Por desgracia las noches que trabajaba fuera se repetían demasiado a menudo.

Para ella era como si no durmiera nunca en casa.

La pequeña temblaba esa noche debajo de las cálidas sábanas de su cama.

Tenía miedo y ni siquiera su elefantito de peluche apretado entre sus brazos lograba que las lágrimas dejaran de saberle tan amargas.

La colcha no podía ocultarla...

La mayoría de los niños miraban con miedo a la puerta del armario, temiendo que saliera el monstruo enorme y hambriento a devorarlos. Otros pequeños se asustaban por lo que podían encontrarse debajo de la cama si levantaban la colcha y agachaban la cabeza.

Púas, garras, colmillos, ojos inyectados en sangre...

Sin embargo, el peor monstruo era aquel que no lo aparentaba.

Ella no miraba hacia el armario con miedo al pasar a su lado ni le temblaban las piernas cuando se acercaba a la cama, temiendo que el monstruo la agarrara del tobillo y se la llevara debajo del colchón, mientras trataba de aferrarse al suelo de madera con sus pequeñas uñas.

Ella tenía miedo de lo que pasaba, precisamente, encima...

Tenía al monstruo al otro lado de la puerta, pero la de entrada a su cuarto; terminando de cenar delante del televisor, con una mesilla plegable que ella usaba cuando estaba su madre para pintar con acuarelas. El monstruo lucía disfrazado mientras se suponía que debía cuidarla cuando su madre trabajaba fuera de casa para llenar la nevera por las mañanas.

Ojalá fuera tan fácil descubrir quién ocultaba el más horrible de los rostros debajo de esa careta de piel que sólo se afeitaba la barba dos veces al año. Ojalá le brillaran los ojos, le salieran colmillos o espuma por la boca delante de algún adulto... y no sólo cuando se apagaba el televisor tras el partido de fútbol.

Y, como todas esas noches, en las que se ausentaba su madre de casa y se hacían las horas eternas mientras su hermano jugaba a los indios bajo una sábana y un par de palos de escoba... iría su padre a visitarla.

A Dieta Por Un Alma Rota

Allí estaba él, sentado al otro lado de la mesa donde yo tecleaba con prisas porque se me hacía tarde para ir a cubrir el servicio de urgencias. Había pedido cita para control de peso porque su médico de cabecera le había encontrado unos parámetros elevados en la última analítica y necesitaba perder algunos kilos. Apenas lo miré, ajetreada con terminar de guardar los datos que recordaba del paciente anterior, tratando de no dejarme nada atrás.

Cuando lo vi entrar por la puerta pensé, algo molesta, que allí llegaba otro que quería que yo hiciera un milagro. Le sobraban por lo menos setenta kilos y no debía tener más de treinta años.

— ¡Qué pena que alguien se deje enfermar así! —pensé.

Joven. Demasiado joven para que no le importara su aspecto y, por encima de todo, su salud. Tenía que dolerle una barbaridad la espalda, las rodillas y los tobillos. Tenía que ser una tortura subir las escaleras con ese peso. Tenía que ser horrible ponerse a conducir un coche, tratar de viajar en un avión o simplemente cruzarse con alguien en un pasillo.

Por no hablar del sexo...

Me compadecí en voz baja de él, pensando que la única solución que le iba a encontrar a aquel problema era pasar por el quirófano.

Empecé preguntándole por sus hábitos de vida, por lo que comía y por el ejercicio que hacía. Cuestiones normales que el ordenador me iba chivando a medida que avanzaba por el programa de almacenaje de datos. Tras una breve entrevista tenía claro que no se movía apenas del sofá de su casa, que comía con desorden cualquier cosa que pillara en la cocina, y que estaba sumido en una fuerte depresión.

¡Normal! Cualquiera con treinta años y ese estilo de vida estaría triste.

Llevaba sin trabajar tres años, tiempo en el que había cogido la mayor parte de los kilos que le sobraban. No hacía nada fuera de casa, apenas si mantenía conversaciones con su esposa y su familia había acabado por darle de lado con el paso de los años. Tonta de mí... pensé que la pérdida del puesto de trabajo era la causa de su depresión.

— Que no tengas que salir todos los días a trabajar no es excusa para que no te muevas del sofá y comas mal —le comenté, no queriendo meterme de primeras en el asunto de sus abundantes kilos de más—. Vas a matarte si no empiezas a cuidarte un poco.

Minutos más tarde estábamos los dos en urgencias. Él en la camilla haciéndose un electrocardiograma y yo en el cuarto de descanso, con una tila entre las manos, dejando correr unas lágrimas incontrolables.

Pero no habían comenzado allí sino en mi consulta, con mi paciente delante mientras me contaba su historia. Y él había acabado en la camilla, con una crisis hipertensiva, imagino que tras verme soltar la primera lágrima.

Y no ser capaz de controlar las que le siguieron...

— Ojalá el trabajo fuera el mayor de mis problemas.

Ahora, con la tila en una mano y un pañuelo en la otra, trataba de explicarle a mis compañeras de trabajo el motivo de encontrarme de aquella guisa. Sentada en el sofá que imitaba a piel, con la televisión puesta en algún canal de esos donde la gente vive del cotilleo, las otras enfermeras y una doctora guardaban silencio mientras yo me recuperaba. Mientras a él le volvían a mirar la tensión arterial, excesivamente alta en mi consulta, yo respiraba entrecortadamente, boqueando, a punto de derramar la tisana.

— Y se murió... íbamos detrás en el coche, siguiendo la ambulancia desde casa para llevarlo a urgencias. No fueron sino cinco minutos... Y cuando llegamos ya no estaba.

Me hablaba de su hijo de tres años mientras yo no conseguía mantener las lágrimas apartadas de mis ojos. Hablaba sin perder la postura, con la pena de quien aguanta una gran carga, pero con la entereza del que lleva muchos años soportándola, con la resignación que le tocaba. Mientras la mesa se interponía en el abrazo que quería darle, o que más bien yo necesitaba, él continuó explicándome que no pudieron hacer nada por él en el servicio de urgencias, que su pequeño había volado sin el abrazo de sus padres y que cada noche se le aparecía en sueños para preguntarle que por qué no le había dado ni siquiera la mano cuando más asustado estuvo.

Su carita pálida, con los ojos tristes preguntando por qué lo habían dejado.

— Sólo pudimos abrazarlo una hora más tarde, cuando ya todos los que estaba allí se rindieron y nos dejaron pasar a verlo en aquel cuarto...

Y yo preocupada por hacer que perdiera peso.

Lloré durante una hora, tratando de no hacer demasiado ruido para no molestarlo. Sabía que estaba al otro lado de la pared, siendo atendido mientras la tensión se le bajaba. No le venía bien que yo estuviera poniéndole más nervioso de lo que lo había puesto en la maldita consulta, junto a la báscula específica para pacientes obesos.

Lloré antes y después de la tila, imaginándolo al lado de la camilla con el cuerpecito de su hijo fallecido arropado entre sus brazos, cuando aún no pesaba lo que pesaba y era capaz de jugar con él a la pelota sin cansarse por los kilos que le sobraban.

Y lloré porque no conocía ninguna dieta que ponerle para poder curarle el alma.

Muestras

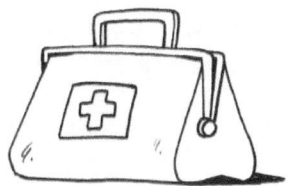

Hoy ha empezado a ponerse sus muestras. Esas que dan en las perfumerías cuando haces alguna compra, normalmente en Navidades para algún regalo, y te meten en la bolsa junto con tu paquete para que peques la próxima vez que te pases por la tienda.

Pequeños sobrecitos del tamaño de una ración de azúcar, con envoltura metálica y promesas de eterna juventud escritas en inglés o francés, que parece que nadie se atreve a ponerlo en cristiano para que una mujer insatisfecha llegara a entenderlo y quisiera entretenerlos con una demanda.

Hoy ha abierto la cajita donde las tenía todas guardadas. Le parecieron cientos de ellas, aunque no se puso a contarlas. Las tenía de todos los colores y formas, algunas seguramente hasta caducadas. Llevaba casi toda la vida metiéndolas en esa caja, a la espera de tener la oportunidad de coger un diccionario de inglés para saber dónde demonios tenía que aplicarse la dichosa crema, o la hora a la que era recomendable usarla.

Cogió una, rasgó el envoltorio sin miramientos, y se untó la cara con la sustancia aceitosa que brotó de ella.

Hoy ya se ha resignado a no usarlas en los viajes para los que las tenía reservadas. En los aeropuertos las cosas se habían puesto algo difíciles tras los atentados de Las Torres Gemelas y siempre era mejor llevarse a París un par de esos sobres que todo el tarro de crema facial y que se lo confiscaran por ser un producto de los prohibidos en el equipaje de mano. Que ella siempre había pensado que era una excusa más para que la gente que trabajaba alrededor de los aviones pudieran repartirse el botín en plan pirata y llevarse a casa foie sospechosamente envenenado o un bote de crema donde presuntamente se habían encontrado restos de alguna droga.

En Navidad se tenían que repartir todos los productos ibéricos que llegaban con buen olor a la cinta transportadora.

Su marido había muerto antes de que tuvieran tiempo para empezar a realizar esos viajes con los que tanto habían soñado. Habían sido cuatro largos años entrando y saliendo de los hospitales hasta que por fin tuvo el valor de decirle ese temido "nos vemos, nena".

¿Con quién iba a ir ahora a París?

¿Para qué iba a guardar aquellas muestras?

Hoy, alguien en la calle le había dicho que la veía bastante demacrada. No quiso decirle que llevaba noches sin dormir, mirando al techo sin poder soltar una lágrima. Tenía que lucir ojeras, arrugas, rictus cansado. La pena del duelo tenía que seguir instalada en cada surco de piel expuesta al juicio de los que la conocían.

Para eso servían esas cremas ¿no? Para que soñara con la juventud perdida y los viajes que se van aplazando.

No quiso contar los sobres de muestras que tenía guardados...

Patatas Quemadas

Se le quemaron las patatas. Era la primera vez que le pasaba. Tenía casi ochenta años y sus hijos se habían empeñado en regalarle una freidora para su cumpleaños. Un día había llegado uno de ellos con un extenso catálogo y le había preguntado cuál le gustaba.

¿Cómo le iba a gustar a ella una cosa tan grande atrabancando[1] su pequeña cocina?

Le habían dicho que era mucho más segura que lo que había usado hasta entonces, que así no tendría que estar pendiente del fuego y que le vendría bien no tener las manos cerca del aceite hirviendo.

Entendía que sus hijos se preocuparan por ella y hasta agradeció el regalo cuando desenvolvió el paquete, aunque la freidora le parecía la cosa más horrible con la que saturar la ya de por sí atestada y pequeña encimera. En aquel piso todo era proporcionalmente diminuto, como las casas de antes donde tenías que llevarte bien o se acababa cometiendo un asesinato y la cocina no iba a ser una excepción. Habían vivido de alquiler sin posibilidad de imaginarse siquiera teniendo suficiente dinero como para dar la entrada para una hipoteca. Había pasado allí toda la vida o al menos casi toda la que era

---

[1] Según el DLE: Expresión usada en Canarias y Andalucía como "abarrotar".

capaz de recordar, criado a sus cuatro hijos, y luego quedado sola al fugarse su marido con la vecina del cuarto A.

Ahora ellos querían que fuera a una residencia porque consideraban que estaba demasiado vieja y enferma para cuidarse sola. Habían contratado a una cuidadora para que estuviera con ella en los períodos en los que no permanecía ingresada en el hospital, que últimamente eran bien pocos. Mientras ella se resistiera a abandonar su casa al menos alguien vigilaría y, probablemente, cocinaría por ella también.

Toda la vida había preparado las patatas de la misma forma. Ponía la sartén sobre el fuego, porque a ella lo que le gustaba era la llama que salía de una cocina de gas, y echaba dos dedos de aceite que en poco menos de un minuto ya empezaba a echar humo. Entonces metía en la sartén las patatas y con un tenedor de metal revolvía lentamente, bajando el fuego, hasta que las tenía doradas.

Por aquella época nadie decía que era una locura raspar la sartén con un tenedor, ya que lo del antiadherente se pegó mucho después al utensilio de cocina.

Nada más extraño que cocinar con algo tan raro como el teflón.

Le encantaba freír patatas porque recordaba la cara de pillines de sus cuatro hijos en la puerta de la cocina, esperando a que ella las depositara sobre un plato de cristal cubierto por una servilleta de papel y los dejara entrar a comerse unas cuantas, cuando aún abrasaban la lengua.

Todavía conservaba esos platos...

Le encantaba ver a sus hijos soplarse unos a otros las patatas dentro de la boca.

Entendía que ellos hacían ahora lo mismo que ella había hecho en su día: alejarlos de los peligros del fuego. Pero a esas alturas, con casi ochenta años, a ella lo que le compensaba era freír un montón de patatas como para cuatro renacuajos y una madre agotada, y mirar hacia la puerta de la cocina esperando que sus pequeños rostros aparecieran para desear, expectantes, que las sacara de la sartén y las pusiera sobre la mesa.

Nunca se le habían quemado las patatas.

A sus hijos no les gustaban quemadas...

Por Fin Soy Interina

Después de lo que me han parecido mil años dando vueltas por los centros de salud de la isla, alguien dio a la tecla adecuada y al otro lado del teléfono respondí a la llamada. Y entrando en casa de un paciente me pilló el segundo timbre. Normalmente cuelgo cuando suena mi móvil y estoy trabajando, pero al ver un número largo de centralita en la pantalla -de esos a los que si devuelves la llamada "Movistar" te informa de que no existe- pensé que podía ser que me estuviera llamando alguien desde el centro donde trabajo y mi madre siempre decía que esas llamadas hay que contestarlas en el acto.

«No hagas esperar al que paga tus garbanzos».

Resultó que acabé llorando de alegría, en la puerta del dormitorio donde mi paciente descansaba plácidamente, con la cuidadora ofreciéndome agua y su perro dando vueltas alrededor de mis piernas, sin saber muy bien qué me tenía tan afectada.

Por fin soy interina.

Los pacientes me tratan de "la enfermera de Don Vicente, el médico" en vez de preguntarme por mi nombre. Yo les respondo que aún nadie me ha comprado para tener dueño y ellos me miran con mala cara. También, por el contrario, me buscan como a la "sustituta de la enfermera Doña Paula", en vez de comprender que ella, esa mujer que tantos años los atendió, ya no está sustituida por nadie. Dejó un buen día su consulta, sin avisar a nadie y sin esperar una fiesta de jubilación, porque eso de ser jubilada cuando se es enfermera no se estila. Siempre lo seremos, porque siempre habrá alguien de quien cuidaremos, aunque sea en nuestra propia cama. Que no llevemos el uniforme no quiere decir que nos desvelemos menos de noche vigilando la fiebre o que no llamemos por teléfono para preguntar si está comiendo suficientes verduras.

Las enfermeras siempre cuidaremos, porque es imposible no hacerlo cuando alguien nos importa.

Por fin soy interina.

Allí trabajo ahora, en "la consulta de" en vez de "en mi consulta", atendiendo a "los pacientes de" porque ellos no quieren pensar que su enfermera de toda la vida no va a volver a recibirlos en la puerta. Sé que siempre, para esos pacientes que sobrepasan los setenta años, voy a ser "la usurpadora", pero trato de sonreírles cuando me miran de reojo y me preguntan por ella. Intento explicarles que la consulta sigue igual porque ella no quiso llevarse sus cosas y yo aún no me he decidido a hacer algo con ellas. Si es duro para mí pensar en tirar a la basura todo lo que no me sirve, imagino lo difícil que tuvo que ser para ella decidir que no se iba a llevar nada. Que el lugar de sus cosas era esa consulta, donde pasó más de la mitad de su vida, regalando sonrisas y derramando lágrimas con ellos. Con esos que ahora la echan tanto de menos.

Por fin soy interina.

Ahora les digo a los pacientes que se sienten en la camilla que era de ella, pongo notas en el tablón de corcho donde aún quedan dibujos que le regalaron a Paula esos pacientes que iban a un taller de manualidades para mantenerse activos cuando por fin les sobraba algo de tiempo y relleno de gasas el recipiente que ella, tan primorosamente, rellenaba con bolitas de algodón a las que daba forma mientras repartía saludos por las mañanas. Coloqué mis cosas en una cajonera donde todavía hay miles de cachivaches que me recuerdan a ella, de esos entre los que se entremezclan los que te dejan los representantes médicos y que piensas que algún día serán de utilidad. Una taza, un abrecartas, un monofilamento y un guardaclips se pelean por el espacio con sus papeles, un talonario de P10 donde aparece su firma y su número de colegiada primorosamente estampado en todas las hojas y un bloc de notas donde tenía apuntados todos los pacientes que ella iba a ver a domicilio, con el día de su cumpleaños para acordarse de llamarlos por teléfono o hacerles una visita si la agenda se lo permitía.

Por fin soy interina.

Riego desde entonces una planta que ha debido tener tantos inviernos como esa consulta, que la echó de menos tantos veranos cuando se fue de vacaciones, en tantas bajas cuando nadie le quitaba las hojas muertas y que fue adornada con guirnaldas el mismo número de Navidades. Imagino que nota su ausencia igual que sus pacientes, porque yo nunca tuve buena mano para las plantas y, a pesar de saludarla todos los días, ella no me pone buena cara. O buenas hojas... Imagino que sabe que mi voz no es la suya, tal vez uso un agua diferente o no sé a qué hora del día le gusta más que la coloque delante de la ventana. Puede que, simplemente, se esté dejando morir de pena.

Por fin soy interina...

Y, aunque ahora no ocupo el hueco de nadie, ni sustituyo a ninguna enfermera, soy mucho más consciente de la persona que estuvo antes sentada en mi silla. Porque cuando no te da tiempo de conocer al paciente que tienes delante antes de cambiar de contrato... no te da tiempo a entender cómo trabajaba la enfermera con él. Porque cuando trabajaba sólo una semana a lo sumo en una misma consulta, no reparaba en los detalles que se escondían en las baldas... y ahora me embargan los recuerdos que sé que no son míos, pero de los que me es imposible deshacerme. Porque cuando quité el cartel de la puerta con su nombre me estremecí y no porque hiciera frío.

Porque sé que por ahí hay una mujer que se llama Paula... y no quiso una fiesta de jubilación porque ella sigue siendo enfermera.

Por fin soy interina... y es la primera vez que siento, de verdad, que sustituyo a alguien.

Cuando Se Pierden Las Ganas De Cantar

— No quiero ni pensar en la cantidad de árboles que se han tenido que talar para que yo apruebe estas oposiciones.

Se lo dije a la taza de café que tenía delante porque me había acostumbrado a estar sola mientras estudiaba. A poco que me acompañara alguien maldiciendo y refunfuñando como yo mientras hacíamos test, no conseguía prestar atención a lo que tenía delante. Y con alguien me refería a otra enfermera, claro estaba, que nadie en su sano juicio sin tener que estudiar permanecería a mi lado con lo gruñona que me había vuelto y las enfermeras siempre hemos sido muy de soportar lo que nos echaran.

Y en ese momento no era otra cosa que la prevención de accidentes en la infancia.

— Como que estoy yo ahora mismo para dar ejemplo.

Volví a hablar con la taza.

Le di un sorbo al café, mi cuarto brebaje del día, y traté de fijar la vista en los papeles que tenía delante. Mis hijas jugaban sin supervisión en la habitación de al lado y, por el ruido que hacían, debían estar tirándose de los pelos la una a la otra. Pensé en todas las cosas que se enumeraban en aquellos apuntes que en ese momento no estaba teniendo en cuenta para con mis niñas.

Demasiadas...

Hacía sólo unos días, la mayor se había quedado a dormir en casa de una compañera de clase. Cuando volvíamos en el coche tras recogerla no podía quitarme de la cabeza las palabras que, imagino que sin maldad, me había dedicado la mamá de la otra niña.

> — Cantaba mientras cocinaba —me comentó, ofreciéndome asiento en el impoluto sofá del salón- y mi hija me dijo que estaba loca porque lo hacía muy alto. Y yo le pregunté a tu hija si acaso su mamá no cantaba. Me respondió que no, que su mamá estudiaba.

Estudiaba... y las reñía demasiado. Estudiaba y les ponía de cenar a la carrera. Estudiaba y trataba de mantenerles limpios los uniformes y, ya de paso, los míos, que el blanco del hospital se ensuciaba mucho.

Estudiaba en el coche, en el salón y en la cama.

Y ellas aguantaban el chaparrón cuando me enfadaba.

Menuda enfermera estaba hecha, que no era capaz de cuidar ni de mis propias niñas porque unas oposiciones habían puesto nuestras vidas patas arriba.

> — ¿Te gustaría que cantara? —le pregunté a mi hija, sentada en su silla homologada para el coche en la parte de atrás. Al menos eso sí me lo sabía. Salía en la página mil trescientas veinticuatro de mi montón de apuntes y recordaba precisamente el número de página porque lo había tenido que buscar para confirmar, cuando lo estudié, que llevaba a mis hijas abrochadas a un asiento seguro.

La miré por el espejo retrovisor. Llevaba un disfraz de la princesa de La Bella y la Bestia, ese dorado que se reflejaba en el reluciente suelo de un enorme salón de baile, mientras una tetera cantaba amenizando la velada. Se lo había llevado a la fiesta de pijamas para disfrazarse, aprovechando que la mamá de su amiga era maquilladora y había prometido dejarlas preciosas para que jugaran. Llevaba los labios pintados de un rojo que, desde luego, no recordaba haberle visto en la película a Bella, pero mi hija iba la mar de feliz con ellos, haciendo juego con una infinita raya en ambos ojos.

Si mi madre la hubiera visto habría dejado caer, como quien no quiere la cosa, que iba más pintada que una puerta.

— Antes lo hacías...

Era cierto. Antes cantaba, leía, veía la televisión y jugaba con ellas a los Pin y Pon. Ahora, cada vez que encontraba uno de los abalorios que las diminutas muñecas de plástico llevaban en el pelo, me entraban ganas de tirarlo a la basura.

En el contenedor de reciclaje de embases, por supuesto.

Por fortuna, todo aquel esfuerzo terminaría algún día. Abandonaría la adicción al café, encendería una hoguera de San Juan en alguna playa con los apuntes —no porque le deseara ningún mal a la Nightingale, que la pobre no tenía necesidad de morir una segunda vez en plan bruja sentenciada por el fuego- y tendría tiempo para vigilar que mi hija menor no se metiera ningún objeto extraño por la nariz haciendo experimentos.

Como uno de los abalorios del pelo de las Pin y Pon, por ejemplo.

Había gente a la que le aburría la rutina... y yo estaba desesperada por volver a ella.

Mi salón era la viva imagen de lo que podía dar de sí una batalla campal. La mesa del comedor sólo volvería a lucir sin montones de papeles en Nochebuena, porque al parecer la fecha del examen que nos libraría a todos los enfermeros de la tortura iba para largo. Más de uno habíamos pensado que pasaríamos las Navidades rodeados de buenos deseos en las típicas felicitaciones navideñas y no de notas tipo post-it pegados en todos los espejos, con las escalas de valoración para las actividades de la vida diaria.

— Mi reino por una memoria como la del ordenador... o en su defecto la habilidad para hacer "chuletas"...

Mis hijas volvieron a gritar y yo volví, nuevamente, a perder la paciencia.

Tras permanecer media hora cada una en su cuarto, castigadas con la promesa de que si volvía a escuchar una voz ninguno de los renos de Papá Noel –ni el simpático de la nariz roja tampoco- pasaría la noche del veinticuatro por casa, mi hija mayor acudió a verme estudiar a la sala.

— ¿Cómo demonios se llamaba ese animal que tiraba del trineo? –musité, desconectando unos segundo de los apuntes que tenía delante. Menos mal que aquella no era una pregunta de examen...

Mi hija vino hasta mi silla y me envolvió en un cariñoso abrazo. De pronto, el nombre del reno vino a mi mente, mientras respiraba el olor a champú que desprendía su cabello.

— Rudolph...

Hacía mucho tiempo que no cantaba. Era cierto. Pero podía pasar cinco minutos entonando algún villancico mientras mi hija me seguía abrazando...

Angelito De Plata

Hoy llevo un calcetín de un color diferente al otro porque no encendí la luz al vestirme para no despertar a nadie. Mis compañeras se han burlado de mí, comentando que al menos así lucen mejor mis zuecos, a los que hace semanas no les doy un lavado. Si les dijera que hace más o menos el mismo tiempo que no pongo una lavadora, que no uso la cocina de mi casa o que no me doy una ducha que dure más de dos minutos se echarían las manos a la cabeza. Pero, a veces, trabajar con alguien no implica meter a ese alguien en tu vida y mis compañeras de planta saben poco de lo que hago a lo largo del día.

Aunque, en verdad, puede decirse que hago poco.

Al menos de forma visible.

Estoy de guardia siempre. No duermo por las noches desde que mi hija entró en quirófano y le ha cogido miedo a la oscuridad. No descanso durante el día porque la pequeña precisa de atención constante y bonito sería que yo estuviera viendo algún programa en el televisor mientras ella grita pidiendo la atención de su madre.

Pero tampoco duermo por las noches porque tengo pesadillas. De esas en las que ella no despierta de la anestesia. De esas en las que todo se queda negro a su alrededor. De esas en las que elijo un ataúd pequeño, con un angelito plateado en la tapa dispuesto a acompañarla al cielo.

De esas pesadillas...

Por las mañanas visto a mi hija tratando de que no se despierte, ya que cuando suelo escucharla roncar es casi cuando empieza a amanecer y aquí amanece muy temprano. Casi cuando tengo la sensación de apenas haber dormido. Casi cuando los dolores del cuerpo son iguales a los dolores del alma.

No me apetece dormir.

No me gustan mis pesadillas.

Prefiero pasar la noche en vela mirándola a la cara, mientras ella tampoco descansa, que dejar que vuelva a aparecer el maldito ataúd y el ángel de plata reflejándose en la madera pulida. Ella me da esperanzas. El sueño me las quita.

Y no puedo vivir siempre pensando en que la muerte vendrá a arrebatármela.

Es lo que ocurre cuando ves morir a tanta gente, cuando tienes tantos datos en la cabeza que sabes que cualquier cosa puede torcerse y arrancarla de tus brazos. Ojalá no hubiera estudiado enfermería.

Ahora, cada vez que duerme tarda más segundos de los debidos en encadenar una respiración con otra pienso en la hipoxemia. Cada vez que le sube la fiebre tengo miedo a que convulsione y que haya más daño cerebral. Cada vez que come tengo miedo a que se atragante y que no esté yo allí para hacerle la maniobra de Heimlich.

Pero no puedo decirle que no coma en la guardería.

O que no duerma.

O prohibirle que no se acatarre.

Es horrible tener tanto miedo.

Pero mis compañeras de planta todo eso no lo saben.

Ellas sólo ven mi calcetín disparejo, el uniforme arrugado y las ojeras bajo los ojos. Ellas se toman el café por la tarde para aguantar sin dormirse en el cine de las once de la noche cuando yo lo hago para que mis pesadillas no me hagan empapar las sábanas de sudor.

Ya no me quedan sábanas limpias.

Me obsesioné y no logro sobreponerme. Sigo respirando solamente porque ella lo hace. Y sé, que si se prolongan demasiado esos segundos entre un ronquido y el siguiente… enloqueceré. Eso antes de tirarme por una maldita ventana.

Ojalá pudiera decir que no me afecta la muerte. Me da pánico perderla. Me da pánico ahora dormirme yo y no despertarme para cuidarla. Me aterrorizaba antes por cosas sencillas, como lo de volar por si el avión se estrellaba o hacer puenting sin necesidad ninguna para que la adrenalina me estallara en las sienes y el cuerpo se me alborotara.

Ahora me da miedo algo tan sencillo como quedarme dormida. Ahora me echo a llorar sin control maldito cuando imagino su piel lívida y fría, dentro de una caja.

Mis compañeras no saben que necesitaría pastillas para dejar de tener tanto miedo.

Para volver a tener hambre.

Para poder dormir…

Si lo pusieran perdería mi puesto de trabajo y es lo único que tengo para poder pagar las facturas que la mantienen medianamente estable. No puedo dejar de llevar ese dinero a casa, aunque esté pendiente todo el puñetero día del teléfono móvil por si acaso llaman de la guardería para informarme de una desgracia. Ya no subo ni al ascensor para no perder cobertura. Tampoco atiendo al paciente de la doscientos veintiséis porque allí, en la antena que aparece en la pantalla del teléfono, pierdo dos puñeteras rayas. Tengo toda la planta estudiada y al cuarto de la fregona ni me acerco.

Sé que tengo un problema… pero no me atrevo a hacer nada.

Y sé que llevo los calcetines desparejados… pero es el menor de todos ellos.

Por eso les digo a mis compañeras que lo pienso poner de moda.

Cuando No Vienen A Buscarte

— No vino, mamá...

— ¿Eh?

Me cogió de la mano y me la apretó fuerte, como si de esa forma pudiera entender mejor a lo que se refería. Nunca me había sujetado de esa forma, casi con ansiedad.

— Quedó en que vendría a buscarme a las cinco. Y son las seis. No ha venido.

Esas últimas palabras las pronunció con el mayor de los pesares, como si estuviera a punto de romper en llanto. Miré el reloj de pared, que tantas veces había usado en esa misma habitación para anotar la hora de la muerte de un paciente en aquella cama. Llevaba demasiados años trabajando en ese geriátrico y, por desgracia, habían pasado demasiados ancianos por esas cuatro paredes.

Volví a mirar el reloj.

Eran las nueve de la noche.

— Sabes que no soy tu madre, ¿verdad, Telma?

La señora me miró espantada, como si estuviera siendo rechazada por su madre que no quería reconocer que era hija suya, avergonzada de su comportamiento inapropiado. Apartó la mano que había aferrado la mía, arrugada y llena de manchas. Allí reconocí el hematoma que le había hecho al ponerle la última vía para la medicación intravenosa que le había pautado el médico. Esa piel que llevaba untando con crema varios meses, evitando que se estropeara por el encamamiento.

— No vino. Yo quería ir al baile...
— ¿Telma?
— Se ha reído de mí, mamá. Porque soy fea. Porque soy hija de una costurera.

Cerró los ojos y se le escaparon un par de lágrimas. Había veces en las que lo único que podías hacer, cuando el paciente se desorientaba, era acompañarlo en su delirio e intentar hacer que no se sintiera tan perdido.

Y eso hice. Busqué su mano, se la aferré como habría hecho una madre y me la llevé a la mejilla. Sentí su calor traspasarme, su dolor inundarme y sus lágrimas queriendo que las mías salieran a flote. Sentí que podía saber lo que era ser madre de una mujer de más de ochenta años que podía ser la mía. Sentí la necesidad imperiosa de consolarla a toda costa.

— No eres fea -le susurré, bajando la cabeza, buscando su oreja entre los cabellos canosos-. Eres preciosa...

No sé cuánto tardó en quedarse dormida, cansada y aturdida. Sólo sé que allí, sentada en la butaca, al lado de su cama, me encontró su hija un rato más tarde cuando llegó a visitarla a la salida de ese turno infernal que tenía en el trabajo.

— Me confundió con tu abuela -le expliqué, dejando reposar su mano sobre la blanca sábana que le cubría el cuerpo aquella noche de verano.
— A mí también la semana pasada.

Salí de la habitación, permitiéndole cierta intimidad mientras trataba de terminar las tareas pendientes. Una hora más tarde, cuando estaba a punto de salir por la puerta de la residencia, me la encontré tomando un café al lado de la máquina expendedora de porquerías varias de las que nos alimentábamos las enfermeras a las tres de la mañana. Escondió un cigarro en la espalda cuando me vio llegar y yo hice como si no la hubiera visto hacerlo. O como si no le oliera toda la ropa a tabaco.

— Me dijo que la dejaron plantada -comentó, sorbiendo un café pésimo de la máquina-. Y que te lo había contado. Y que habías llorado con ella.

No podía negarlo. Ninguna de aquellas afirmaciones.

Me contó que, con veinte años, se había vestido de negro riguroso para un baile. Riguroso por la muerte de su padre hacía pocos meses y elegante porque estaba muy ilusionada con aquella cita. Al parecer, mi paciente le había contado muchas veces esa historia. No pudo ir al baile porque nadie fue a buscarla. El chico que había quedado con ella no había aparecido, ni esa tarde ni ninguna otra. Aunque vivía cerca empezó a evitar la calle en la que ella vivía y si le fue bien o mal en la vida para ella fue un verdadero misterio.

Se pasó tres días llorando, amargada, pensando en que nunca encontraría a un hombre que la encontrara atractiva. Precisamente había sido su padre el que la había acomplejado de aquella manera, llamándola fea, diciéndole que nunca podría quererla nadie con la boca tan grande que tenía y esos ojos tan oscuros.

Tratándola como nunca debía tratarte un padre.

Como se trataba antes, sin delicadeza y sin tiempo para nada.

Lloró hasta que se quedó sin lágrimas y luego siguió llorando sin ellas. Su hija me confesó que pocas veces la había visto llorar. Decía que hacía muchos años que las lágrimas se le habían secado.

Pero conmigo volvía a ser una muchacha con toda la vida por delante, con veinte años, un vestido de luto y muchas lágrimas aún por derramar por los hombres.

— Pues no tengo mucha pinta de madre -le comenté yo, quitándole importancia al asunto, cuando estaba claro que su hija sí se lo estaba dando.

Y me sonrió, dejando al descubierto el cigarro que había escondido, y pidiéndome perdón con la mirada. Tiró el vaso de plástico a la papelera donde se amontonaban otros iguales, donde se apoyaron los labios de tantos desconocidos y dieron un par de horas de cuerda a los cuerpos que no tenían ganas de moverse por el cansancio del día.

Me sonrió como me sonreía mi paciente. Con esa sonrisa de boca grande, dientes manchados por el tabaco y comisura arrugada por las preocupaciones.

Y ojos tremendamente negros.

— Pues nadie lo diría...

La interrogué con la mirada, sin entender muy bien si me estaba sugiriendo que aparentaba la edad de serlo de lo poco que me arreglaba. Fui a decirle que acababa de terminar un turno de doce horas que me habían encasquetado por falta de personal, que llevaba todo el día sin ver a mis hijas y que estaba segura de que la cena se había quedado ya fría sobre la encimera de la cocina, esperando a que llegara. Sin embargo, acepté el comentario lo mejor que pude, le devolví la sonrisa y conté hasta diez -miento, fue hasta veinte que me costó relajarme después de aquello- antes de volver a hablar.

— ¿Por qué lo dices?
— Porque la cuidas como si fueras su madre.

Manzanas

Allí está, sobre la vitrina. Descansando por fin, sin dolor y sin prisas. Un escalofrío me recorre la espalda cuando veo la fotografía que lo acompaña, en un portarretrato dorado sobre el que parece que se han derramado muchas lágrimas. Demasiadas. Un pequeño ramo de rosas blancas se deshoja a su lado. Veo pétalos junto a la urna y en el suelo... olvidados.

A nadie le ha parecido importante pasar el cepillo hoy.

Yo tampoco lo habría hecho.

Su hija ha ido a buscarla al dormitorio. Me dijo por teléfono que no se había levantado de la cama. Costó meterla en ella anoche cuando llegaron del crematorio, ya que no quería dejar las cenizas en el salón pasando frío lejos de las sábanas. Su hija, a las tres de la mañana, le quitó la urna de las manos cuando por fin la vio pegar la primera cabezada. Entre ella y su marido la guiaron hasta la cama y la convencieron de que no era buena idea que las cenizas de su padre la acompañaran.

Fue la primera noche, desde que se casaron, que durmieron separados estando los dos en la misma casa.

Ahí llega por el pasillo, anudándose una bata rosada. De forma torpe ha quedado colgando la lazada. Su hija va a su lado, vigilando sus pasos, apartando una vieja alfombra ya que su madre no está levantando los pies al caminar. Más bien... parece como si se arrastrara. El cuerpo le pesa demasiado, como si en vez de soportar sólo el suyo de pronto llevara también los kilos de él. Los que perdió. Los que se perdieron en el fuego. Los que no están en esa urna tan sombría, transformados en cenizas.

Cuando alza la vista y me ve, parada en medio del salón, se le llenan los ojos de lágrimas.

Y los míos acompañan a los suyos.

Me las había guardado para ese momento. He llorado por tantos pacientes que podría decirse que ya no me quedan. Pero siempre hay más. Levantas una piedra y aparecen, como las setas. Y yo siempre sé que van a volver a brotar en cuanto veo su cara de tristeza al entrar en la consulta.

Ahí empieza todo.

El duelo no lo pasa únicamente el paciente. Cuando llevas toda la vida trabajando con personas haces tuyas sus penas y sus alegrías. Con él no iba a ser menos. Vino a verme una tarde de verano, hace unos meses, recién diagnosticado, con los hombros hundidos cargados de miedo y los ojos enrojecidos por el insomnio. No le había dicho nada a su familia y no pensaba hacerlo. Que hubiera decidido compartirlo conmigo era, probablemente, consecuencia de la necesidad de exteriorizar todo lo que se tragaba a diario.

Todo lo que no le dejaba dormir.

Todo lo que no le dejaba comer.

Todo lo que no le dejaba sonreír.

Ninguno de los médicos del hospital había querido darle esperanzas, aunque a él se le habían escurrido de entre las manos mucho antes de que todos se pusieran de acuerdo en ese punto. Ya después, hablar de meses o de días, era como jugar a los dados. Le dolía eso mucho más que el cáncer que lo corroía por dentro, quitándole el apetito. No saber si llegaría a comerse otra vez las uvas, si elegiría el sabor de su siguiente tarta de cumpleaños o si vería la cara de su futuro nietecillo - al que mencionaba siempre por el nombre, que estaba convencido, le pondrían- era peor que tener la certeza del día en el que ocurriría.

— Sabemos que aquí no nos quedamos, pero siempre piensas que te queda tiempo -me dijo, ese primer día, con los dedos de una mano entrecruzados con los de la otra-. Por cierto, estoy seguro de que si muero antes, mi nietecillo llevará mi nombre. En plan "a título póstumo", ya sabes...

Le sonreí en esa ocasión y en las siguientes que se sucedieron. No conseguí guardarme las lágrimas cuando él las derramó y siempre me reí con cada una de sus carcajadas. Un mes, dos, tres...

Al cuarto dejó de venir.

Fue entonces cuando conocí su casa.

Fue en ese momento cuando no pudo engañar más a nadie.

Su mujer comenzó a adelgazar casi al mismo ritmo que él, a compartir sus ojeras y podría decir que me dio la impresión de que le dolían las mismas partes del cuerpo.

O todas...

Hoy, al verla llegar al salón, con esa tristeza infinita que lleva meses grabada en su rostro, no tengo muy claro que necesite que abra mi boca para nada. Supongo que todas las palabras que pensé que tenía que escuchar se las fui haciendo llegar a cuentagotas en cada una de las visitas, en la puerta de su casa, cuando salía a despedirme y me obligaba a llevar una manzana cuando me marchaba.

— Yo no tengo hambre -me decía siempre para que no se la rechazara-. Y mi hija se enfada conmigo si las dejo pudrir en la cocina.

Si se quedó con alguna de las frases que intercambiamos en esas semanas no lo sabría ese día. Abatida como la veo, cansada de todo lo pasado y, lo peor, de la soledad que estaba por echársele encima, sé que no es el momento de darle lecciones de cómo llevar mejor su dolor.

Un abrazo sincero de mi parte, de esos que duelen porque los otros brazos no se mueven para corresponder. Una sonrisa triste que no llega sino a media sonrisa. Una condolencia que suena a hueca, como todas, ante la pena...

Sus dedos se entrecruzan sobre su regazo cuando se da cuenta de que está temblando. Los míos hacen lo mismo al notar que se me habían ido las manos para sujetar las suyas cuando no supo qué hacer con ellas.

Una promesa de volver siempre que me necesitara.

Y ella, viendo que me levanto del sofá para dejarla a solas con su dolor, su hija y un nieto que se llama igual que su difunto marido, coge una manzana del frutero que adorna el centro de la mesa del salón y la hace rodar por la madera para que tenga que cogerla en movimiento.

— Para el camino... ya sabes que se me estropean.

No sé si se ha dado cuenta o no, pero cojo la manzana.

De plástico.

Igual que todas las que me dio durante las anteriores visitas.

Igual que todas las que le devolvía, sigilosamente, cuando regresaba a verle. Sin que me viera depositarlas en el frutero.

En una de ellas dejé los dientes marcados la primera vez, cuando tampoco me di cuenta de que no eran comestibles.

Se la devolvería cuando al ramillete de rosas blancas ya no le quedaran más pétalos que perder.

Casita De Muñecas

Las descubrí una tarde al inicio de mi turno en la habitación de una de mis pacientes más jóvenes.

Joven, pero no tanto como para estar jugando a las casitas.

Tres amigas sentadas a los pies de la cama articulada, con un tablero de madera entre ellas y la muchacha que se quedaba por las noches ocupando la habitación cuando se acababan las visitas. Con la edad suficiente para pintarse los labios a escondidas de los padres, pero sin la destreza de saber calzarse unos tacones de aguja.

O, más bien, saber mantener el equilibrio sobre ellos.

La más pálida, con la cabeza rapada y ojeras avejentando su rostro, se reía con toda la fuerza de la que era capaz mientras sus amigas movían las pequeñas muñecas de una estancia a otra dentro de la casita de madera. Ella también tenía una muñeca entre los dedos, con un bonito cabello dorado igual al que había lucido hasta hacía sólo un par de meses. Apenas participaba en el juego de las otras, pero no dejaba de sonreír mientras mantenían diálogos alocados, daban besos a escondidas a muñecos masculinos y conducían coches descapotables por las sendas que dibujaban las arrugas de la colcha de la cama.

Por la noche, cuando la habitación se quedaba a oscuras y sólo se escuchaba el leve siseo del oxígeno llegando hasta su nariz a través del tubo que le rodeaba la cabeza, la casita de muñecas descansaba a los pies de la cama, envuelta en sombras. A mí, que el trabajar de noche me había concedido una especie de don para ver las cosas que se escondían en lo negro de la noche, me dio por observar la casita y a sus habitantes mientras ella dormía. Cuatro habitaciones, cuatro muñecas con los cabellos encrespados –como se les quedaban tras haber sido el juguete preferido de niñas de cinco años- y cuatro coches en la puerta, en plazas de aparcamiento dibujadas sobre el tablero de madera. Cada uno de aquellos rectángulos, dibujado a tiza, tenía en su parte inferior un nombre.

El de mi paciente estaba en uno de ellos.

La casita volvía a los pies de la cama cada vez que regresaban las amigas de mi paciente, y luego al suelo cuando ella dormía.

Ninguna de las cuatro pasaba de los quince años.

Una tarde, cuando la última de las chicas abandonaba la habitación para reunirse en la entrada del hospital con sus padres, me atreví a preguntarle sobre el extraño misterio de la casita. En la edad que tenían cada una de ellas a nadie se le podía pasar por la cabeza que en verdad se divirtieran con un juego tan infantil. El rostro de la muchacha se tiñó de tristeza y apoyándose contra la pared del pasillo, orientó la vista hasta el suelo brillante e impoluto. Cuando terminó de contarme la historia sus ojos estaban enrojecidos y en la maño llevaba un pañuelo de papel que le había secado en varias ocasiones las lágrimas de los ojos. Llamó al ascensor, me dedicó una escueta sonrisa y dejó que se la tragaran las puertas metálicas al cerrarse.

Aquella noche, cuando la oscuridad envolvía nuevamente todo en el dormitorio de la joven y yo había terminado mi turno, entré con cuidado a mirar la casita de muñecas.

Las cuatro amigas se conocían desde pequeñas. Habían hecho castillos en la arena de las diversas playas que habían frecuentado en vacaciones y habían recorrido miles de caminos de tierra montadas en bicicletas. Cuando un día hablaron de lo que sería de ellas siendo adultas ninguna supo decir a lo que iban a dedicarse el resto de sus vidas. Lo que sí tenían muy claro era que acabarían viviendo juntas, tal vez en la época universitaria o tras conseguir el primer trabajo. Una casa de alquiler con cuatro habitaciones se convertiría en su refugio, se turnarían para cocinar, hacer la compra y tendrían un perro labrador al que llamarían Max.

Se enamorarían, cenarían las cuatro con sus parejas alrededor de una enorme mesa redonda y tendrían que comprar un sofá más grande para poder ver los partidos de fútbol en la tele.

No tenían claro lo que estudiarían, pero estaban seguras de que pasarían muchos años bajo el mismo techo.

Cuando una de ellas enfermó gravemente temieron que sus planes fueran a desmoronarse. Mi paciente, una tarde lluviosa, en la que el cabello se le caía a mechones y las nauseas eran tan intensas que apenas si lograba retener en la boca alguna pastilla de goma, dejó caer el comentario de que tal vez la casa que alquilaran sólo tendría que tener tres habitaciones.

Ninguna encontró las fuerzas para rebatirle lo que parecía que alguna vez había pasado por la mente de todas ellas.

Agacharon la cabeza, cerraron los ojos y escucharon el repiquetear de la lluvia contra el cristal de la ventana.

Pero, al día siguiente, allí estaba la casita con sus cuatro dormitorios. Si la mala suerte las iba a privar de las noches de helado de chocolate delante del televisor viendo Dirty Dancing y las disputas sobre a quién le tocaba bajar ese día la basura, nadie podría negarles que un par de muñecas de madera se sacaran el carnet de conducir, encontraran el primer trabajo y se fueran a la cama tarde tras leerse de una sentada la última novela de una conocida escritora de historias románticas.

Tomé entre los dedos la muñequita de cabellos encrespados y sonreí mientras recordaba las palabras de su amiga.

En la cama articulada... mi paciente dormía.

— Hay tres Playmobil que le han pedido salir, pero ella está convencida de que acabará enamorándose de un ingeniero y que aún le queda tiempo...

Jabones Con Promesas Vacías

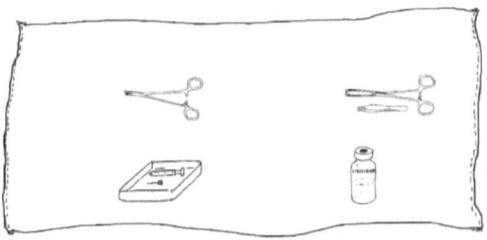

— ¿Y por qué demonios no se quita esta mancha?

Arrojó otra vez la casaca del uniforme al interior de la lavadora, buscó en los programas de lavado alguno que tuviera la temperatura tan alta que pudiera desteñir el tejido si no hubiera sido blanco –aunque no estaba segura de que los colores que usaban en los tintes de los uniformes del hospital perdieran alguna vez la intensidad, que siempre los veía igual de llamativos- y metió en el tambor una pastilla de jabón de esas que juran y perjuran que se deshacen de cualquier mancha.

Cerró la puerta con tanta rabia que podría haberla partido.

Era una tontería poner una lavadora con una sola prenda de ropa, pero aquella era la segunda vez que intentaba dejar limpia la casaca y no había tenido éxito. La quinta, si contaba que ya le había echado una gran cantidad de agua oxigenada, un par de cacitos disueltos en agua en una palangana -de uno de esos jabones que venden en polvo en un bote de tamaño ridículo para poder llamarse detergente- y un *spray* al que le pondría una reclamación en cuanto se le quitara el cabreo por prometer cosas que no cumplía.

Sí, cinco lavados con aquel que acababa de empezar.

Habría sido más rentable tirar la casaca a la basura.

Cuando se la quitó la noche en la que recibió la mancha no pensó más en ella. Necesitaba alejar el olor de la sangre de las fosas nasales. Se metió en el vestuario, con el pelo pegado al rostro y la garganta seca. Llevaban veinte minutos turnándose sobre la camilla para hacer el masaje cardiaco y no sabía decir cuál fue el momento en el que se salió la vía y la sangre brotó hasta su uniforme. Se lo dijo una compañera después, cuando llegó la ambulancia y la apartaron para que recuperara fuerzas.

— Vas a necesitar una ducha...

También necesitaba un abrazo, pero no lo pidió...

Puerta cerrada, uniforme al suelo y agua corriendo por el plástico que hacía de cortina cubriendo el plato de ducha. Por fin se le había tupido la nariz y no le llegaba ni el olor del vómito ni el de la sangre.

Era lo que tenían las lágrimas. Siempre le anulaban el sentido del olfato.

Lloró contra la puerta de su taquilla un buen rato, mientras el vestuario se llenaba de vapor y se desdibujaban las paredes a su alrededor. No le preocupó si había alguien fuera esperando para usar el baño. Necesitaba estar a solas, con la neblina inundándolo todo, haciéndola perder también parte del sentido de la vista.

La pena era que no se podían borrar tan fácilmente las imágenes de su cabeza.

Metió el uniforme en la taquilla, cerró la puerta con el candado y se sumergió en el delicioso placer de dejarse acariciar la piel por el agua caliente. No tenía jabón a mano, pero tampoco lo necesitaba.

Sólo quería confundir sus lágrimas con las gotas que ahora le resbalaban desde la ducha al rostro agotado.

Una semana más tarde fue a abrir la taquilla. Se había empecinado en dejarla cerrada, guardando sus cosas en cajones o llevando al trabajo lo estrictamente imprescindible. Siempre le invadía el mismo desasosiego cuando tenía que enfrentarse a una mancha como aquella y nunca encontraba el valor suficiente para hacerlo de primeras.

Y allí estaba ahora, viendo cómo giraba el bombo de la lavadora, con la promesa de que tras aquellas vueltas no quedaría ni rastro de la marca que la atormentaba. Y allí se quedó, abrazándose las rodillas, dejándose acunar por el sonido del electrodoméstico, pensando en todas las cosas que tenía que hacer esa mañana.

La lista de la compra era fácil de planificar.

Tal vez había estado posponiendo abrir la taquilla porque no quería que la mancha le recordara que tenía que hacer una llamada al hospital para preguntar si habían conseguido salvarle la vida.

Pero en eso se centraría después de que calculara cuántos paquetes de leche tenía que meter en el carrito del supermercado.

Sonrisoterapia

La risa es contagiosa. Supongo que, por eso, a veces nos encanta estar rodeados de niños a pesar de que nos saquen de nuestras casillas la mayor parte del tiempo. Son capaces de hacernos sonreír con las tonterías más simples, con su forma sencilla y limpia de ver la vida.

Una mirada amable en el momento adecuado puede convertir el peor de tus días en un nuevo comienzo, aunque de primeras no sepamos entenderlo.

La risa sana y más tras derramar unas cuantas lágrimas.

A veces, incluso, se convierte en un bucle. Lloras y ríes de forma cíclica, pasando de un estado de ánimo a otro, como si hubieras perdido la cordura.

¿Labilidad emocional? ¿Ciclotimias?

Da igual lo que sea o como lo llamemos. Lo importante es que, después de llorar o de reír, el alma queda en paz, la cabeza se serena y podemos volver a nuestras vidas...

... Aunque estén patas arriba.

Soy andaluza por parte de padre y canaria por parte de madre. Una vez, un conocido me preguntó que de dónde había sacado entonces las ganas de trabajar. Al muy sinvergüenza no pude contestarle que nunca las he tenido, pero que se me da bien fingir por las mañanas.

Debí haberle dicho que también sé fingir por las noches...

Pues eso, que siendo mitad andaluza y mitad canaria algo de gracia tengo que tener escondida por alguna parte, al igual que un alma amable y un corazón sensible. Y, aunque parezca extraño, más de una sonrisa le he arrancado a un paciente tras bajarse de la báscula, comprobar que había adelgazado algo y decirle que ese verano si seguía a buen ritmo podría lucir por fin el tan ansiado tanga de leopardo.

¿No te hace gracia el chiste? Eso es porque no me has escuchado contarlo... Que tengo un acento muy gracioso y mucho arte para reírme de la vida –al menos cuando no estoy llorando por algo-.

Y ahora dirás que eso lo hacemos el noventa por ciento de las mujeres o el cien por cien cuando tenemos la regla. Eso... y echar la bronca.

Pues vale, no soy nada graciosa. Voy a pedirle a una de mis primas que me reescriba esta parte del libro. Con un poco de suerte no me pedirán comisión por ello y encima seguro que me compran un ejemplar cuando la incluya en los agradecimientos.

Me voy a hacer de oro, que tengo una familia muy grande...

Sonríe todos los días.

Que nadie te arrebate esa linda sonrisa tuya.

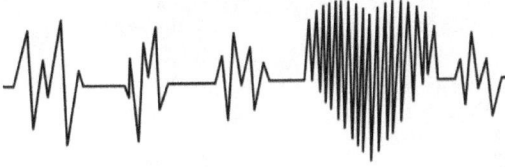

Sacarina

Había tirado todas las cucharillas de postre hacía ya mucho tiempo a la basura. Luego pensó que podía haberlas entregado a la beneficencia, pero no tuvo ganas de bajar esa noche al contenedor para buscar la bolsa negra entre tantas otras bolsas igual de negras y de peor olor que la suya. No se lo diría a nadie y nadie se lo reprocharía por no tener la buena intención de donar lo que no necesitaba.

Aunque su diablillo y angelito se pelearan cada vez que lo recordaba.

No necesitaba cucharillas de postre, ni tampoco las más diminutas que se usaban para el café. Esas que eran casi como de juguete, que seguro que más de un niño había utilizado para dar de comer la compota de manzana a una muñeca que luego prometía que hacía caca.

No buscaba el dulce y él no la buscaba a ella.

Relación inexistente, como algunos de esos señores que se empeñan en llevarse muy mal con el agua y el jabón.

El azúcar una buena mañana hizo su petate y se despidió con un "hasta siempre" desde la puerta. En verdad había sido ella la que otra vez lo había metido todo en una nueva bolsa de basura, también negra y lo había llevado al contenedor de la calle, nuevamente olvidándose de que hay que donar las cosas que no se usan.

Más trabajo para su ángel y su demonio que siempre discutían tanto. Un día, a uno de ellos le iba a dar un infarto y el angelito tenía todas las papeletas.

La miel, la crema de avellanas, los yogures azucarados, las galletas y las tabletas de chocolate con leche. Tuvo que usar el ascensor porque no fue capaz de cargar con el saco por las escaleras de lo que pesaba.

Era normal que su angelito tuviera tal berrinche por no haberlo donado.

El médico la había privado de uno de los cuatro sabores básicos — cinco, si incluía el umami de los japoneses—, tras su última analítica. En verdad había sido ella la que había renunciado a ese placer, ya que él sólo le había dicho que debía reducir el consumo.

Pero nunca había entendido los términos medios.

Papilas gustativas suicidándose por falta de uso... y aburrimiento. Tendría que empezar a experimentar con el umami.

Cuando se servía el café de la mañana lo hacía poniendo la sacarina directamente en el fondo de la taza, antes de dejar que la cafetera vertiera su lengua mansa y negra sobre la porcelana esmaltada. Siempre dos pequeñas pastillas blancas, perfectamente redondas. Dejaba luego pasar exactamente un minuto, mirando la espuma que flotaba en la superficie, con sus formas caprichosas y su quiero y no puedo de eterno capuchino frustrado.

Había muchas adivinadoras que pagarían por tener una espuma con tantos dibujos para poder leer cuando les llegaba un cliente. ¿O eso de leer se hacía en los posos del café? A esas horas de la mañana no era capaz de razonar tampoco demasiado y el café tardaba por lo menos media hora en hacerle efecto.

Su diablillo y su angelito solían reírse mucho de ella en esos momentos de despiste. ¡Qué demonios! Se reía sobre todo su diablillo, que el angelito tenía mucha más mala leche y parecía mujer de lo rencoroso que se había vuelto desde que tiró esa segunda bolsa a la basura.

Le gustaba el olor del café nada más retirarse de los ojos las legañas...

Y con legañas... también. Que el agua salía muy fría del grifo en pleno invierno.

Luego buscaba la leche en la nevera. Lo menos parecido a la leche, en verdad, porque a aquel envase que compraba cada miércoles en el supermercado le habían quitado tantas cosas para dejar espacio a otras tantas que le añadían que lo único que conservaba era el nombre, la vaca pintada en el tetra brick y, probablemente, el color blanco, aunque mucho menos intenso que el que recordaba de su niñez.

Ese blanco que le encantaba manchar con un montón de cucharadas de cacao en polvo.

Ese cacao que había tirado la basura y que no dejaba que olvidara angelito.

De esas cucharas que ya no tenía...

Así se llevaba la taza a los labios.

Espuma amarga normalmente, aunque a veces tomaba un largo trago para ver si encontraba la dulzura de la sacarina con el primer paladeo.

Así tomaba el café siempre: sin removerlo. Esperando a que el dulce de la sacarina la encontrara a ella entre el amargor del resto del brebaje, como de vez en cuando te encuentran las corrientes frías cuando sumerges el cuerpo en un mar cálido.

Aunque decía su madre que el café, como despierta el cerebro es amargo y cargado...

Cuando llegaba el agradable sabor a la boca... sonreía.

Y Ya Tengo Hasta Canas...

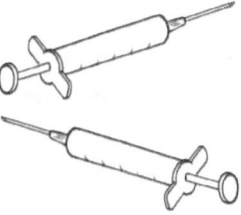

De pie, tras la alumna, intento concentrarme en lo que está haciendo. Es la primera vez que ponen una estudiante a mi cargo y lo cierto es que me ha impuesto algo de respeto.

"Un poco no, no seas mentirosa. Te has asustado".

Y me siento vieja...

Si el ánimo fuera otro, probablemente, me habría henchido de orgullo por los galones ganados después de tanto tiempo. Sin plaza fija, eso sí, que no está la cosa como para tener un puesto de por vida sin que alguien se piense que has tenido que asesinar para conseguirlo. Sin plaza fija, pero con los años de experiencia del trabajo realizado, las amistades ganadas entre los compañeros que comparten alegrías y penas en los diferentes servicios y el corazón lleno de recuerdos. Esos pacientes que nos van marcando y dejan ese pedacito de ellos cuando ya no nos necesitan... o cuando nos abandonan.

Aunque a las ocho de la mañana de un lunes cualquiera, el ánimo no está muy por las nubes... y hay ocasiones en las que te sientes cansada.

¿Cómo iba a ser de otro modo si cuando ha sonado el despertador esta mañana creí que no había dormido ni tres horas? Es lo que ocurre cuando eres madre además de enfermera, que si una hija empieza con fiebre dedicas todo tu buen hacer, tus mimos y conocimientos a aliviar el malestar de la pequeña. ¿Para qué se estudia, si no, enfermería? ¿Porque somos masoquistas y nos gusta vestir con un horrible uniforme por más que nos pinten de forma sexy en los catálogos de disfraces para carnavales?

Cualquier madre lo haría así... Y no poder llevarla al colegio ya te descuadra todo el día. ¿Qué hago con ella? Me imagino llegando al centro de salud a las ocho, con la pequeña vestida con su pijama rosa de la Peppa Pig y su ranita de peluche saludando a los compañeros de urgencias que tienen las mismas ojeras que yo, deseando marcharse.

Al menos ellos tienen la suerte de que están a punto de irse a la cama, y yo no he hecho más que comenzar el día.

"Espera... no. Que el día empezó tras dar las doce campanadas".

Menos mal que existen las benditas abuelas. Esas madres que ejercieron de enfermeras antes de que una pensara siquiera en estudiar esa carrera y que, ahora, por los agobios y las prisas, muchas veces saludamos menos de lo que deseamos. Siempre están ahí, dispuestas a ayudarnos, a seguir siendo más que madres y abuelas, haciendo lo que toda mujer ha hecho desde que el hombre tiene memoria. La pequeña se quedó con su rana verde y sus zapatillas de andar por casa envuelta en el abrazo de mi madre y yo salí corriendo para no llegar tarde al trabajo, que los lunes por la mañana me toca laboratorio y la puerta hay que abrirla en hora.

Que luego se quejan de que no han desayunado y tengo que bromear con ellos con que me esperen en la puerta del bar de la esquina, que en cuanto termine de sacar sangre pago la primera ronda.

Y aquí estoy ahora, con la mirada fija en algo que hace tiempo que no hacía: concentrarme en seguir los pasos para realizar una buena extracción sanguínea. Vampiros nos llaman. Yo respondo que tengo que blanquear el dinero negro con una fábrica de morcillas. Después de tantos años y tantas venas pinchadas, hay técnicas que dejaron de requerir toda la atención. Mis compañeras de laboratorio lo saben.

Hay lunes que no dejo de sonreír y charlar con los pacientes, animosa y risueña, como si nada en el mundo me hubiera hecho nunca daño. Esos días me gusta molestar a las otras enfermeras, gastarles bromas, preguntarles por su fin de semana y tranquilizar al paciente con la mejor de mis sonrisas.

— Señora, yo que usted no me dejaría pinchar por esa mujer, que tiene las gafas mal graduadas.

Un lunes por la mañana, cuando falta el desayuno, siempre se agradece el azúcar que puede poner una palabra amiga. Y más si a esa persona le dan miedo las agujas.

— ¿No se ha dado cuenta de que no tiene pulso para pincharla? Espérese por aquí, que ella le va a hacer una escabechina en el brazo y luego va a querer ponerle una demanda. Lo hago por su bien, que siempre me toca a mí recoger la sangre que ella desparrama.

No sé cómo, a estas alturas, ninguna compañera me ha mandado todavía más allá de la porra, que la porra para mí queda demasiado cerca.

Pero también hay días en los que la mirada no puede sonreír, por más que lo finjan los labios...

Por suerte, una vez estás en el trabajo, tus problemas suelen quedar a un lado, un ratito al menos, y te centras en la agenda que tienes delante y en las personas que tienen que sentarse en la silla que espera vacía tras la mesa.

Pero hoy... no puedo evitarlo. Me siento vieja.

Horas sin dormir, la ropa elegida de cualquier forma esta mañana para poder llegar a tiempo y apenas una raya en el ojo mal pintada a la carrera en un semáforo para tratar de disimular el mal rostro. Estoy cansada y me pesan un poco más los años.

— Chica, si querías que los pacientes se asustaran de tu aspecto y no quisieran que les sacaras sangre vas a conseguirlo de lleno. Aunque dudo que fuera necesario ponerte dos zapatos distintos para eso.

Caí... y me miré los pies. Estaba muy mal vestida, pero al menos no había cometido el error de equivocarme de zapatos. Me apunté esa broma para poder vengarme algún día de mi compañera.

Y allí está mi alumna, que acaba de quitarle el capuchón a la aguja con la que pinchará su primera vena. Se la ve nerviosa y hasta parece que le tiembla un poco la mano mientras palpa con los dedos de la otra, tratando de elegir correctamente la que quiere canalizar. Mira al paciente y yo también lo hago. Es de esos ancianos entrañables, con la piel endurecida tras tantas horas trabajando la tierra con el sol a las espaldas. Tiene las manos duras y la frente llena de arrugas. Pero aunque sea lunes, demasiado temprano para haber salido de casa sin el perrillo al que pasea todas las mañanas, y tenga a una alumna temblorosa delante, la mira de forma entrañable. Es como si observara a una hija que coge por vez primera la bicicleta sin los ruedines y estuviera temiendo tener que ir a recogerla del suelo a curar sus heridas. Teme por la desilusión de ella si no lo consigue, no por el daño del pinchazo que pueda hacerle.

Todavía quedan personas así.

Entonces... ¿por qué ando yo tan preocupada? ¿Porque mi hija tuvo una mala noche y está a cargo de la mujer que más la quiere en el mundo después de mí? ¿Porque tengo más licencias firmadas de vacaciones en el archivador de las que puedo contar sin los tres cafés de la mañana? ¿Porque la cama de madrugada volvía a estar ocupada sólo por el cuerpecillo de mi hija y el mío esperando a que la otra almohada acogiera una cabeza masculina? ¿Porque la alumna es la primera vez que tiene una aguja en la mano y anda asustada? ¿Porque es la primera vez que tengo a cargo una estudiante y me siento más responsable que de costumbre?

Y, entonces, el paciente me mira y sonríe. De pronto esa conexión hace que no importe nada más. Sus ojeras me dicen que lleva muchas malas noches en su vida y que las mías a su lado se quedan en un ratillo sin sueño. Que ha pasado por muchas enfermedades de sus hijos y que al final siempre han vuelto al colegio a los dos o tres días. Que ahora son ellos los que cuidan de sus achaques y que son los nietos los que se vienen a arrancarle las sonrisas con sus muñecos de trapo y sus tiritas en las rodillas. Y que hace años que la almohada del otro lado de la cama se quedó vacía tras una larga enfermedad de su esposa y una corta estancia en una pequeña habitación de cuidados paliativos.

Ha tenido tantos lunes malos...

Y mientras le devuelvo la sonrisa y dejo de contar las arrugas de sus ojos, la alumna usa por vez primera la aguja y consigo soltar el aire que contenían mis pulmones en un liberador suspiro. Mi mano se posa en su hombro, dando el apoyo que sé que necesita, reconfortándola tras su instante de terror... y el mío. Su corazón de novata se hincha de orgullo. Aquel señor que nada tenía que temerle a una aguja sigue hablando con la alumna como si estuvieran tomándose un café en una terraza al lado de la playa. Y por fin soy capaz de integrarme en las bromas de la mañana, sabiendo que mi hija está bien, que el mundo sigue igual que siempre.

— Yo temí que le fuera a amputar el brazo con la aguja, pero parece que no va a llegar la sangre al río. Tal vez con el siguiente paciente tenga menos pulso y haya que llamar a la limpiadora.

La alumna me mira y sonríe... y yo le devuelvo la sonrisa. No hay nada mejor que un poco de sentido del humor a las ocho de la mañana para que todo vuelva a su sitio.

Mi pequeña está siendo cuidada por una mujer mucho más veterana que yo. Esa que enterró tantas veces la nariz en el pliegue de mi cuello cuando no era sino un bebé, embriagándose con el olor de mi piel de recién nacida. Esa que se echó a llorar cuando mi garganta le regaló mi llanto en la primera bocanada de aire erizándole una piel que aún no se ha recuperado. Esa que grabó la imagen mía de bebé en sus retinas y que me sigue viendo de la misma forma, aunque empiece a tener canas. Esa madre que cuando me tuvo en su pecho agarró mi mano y contó mis dedos, porque necesitaba saber que yo estaba entera. Mi madre... que contó también los deditos de mi hija con lágrimas en los ojos, sin saber muy bien cómo había sido que yo hubiera dejado de tener el mismo tamaño que el bebé que ahora acunaban sus brazos.

Mi hija estaba bien. El trabajo estaba bien. La alumna estaba bien.

Y el señor con el corazón más grande que el pecho luce espléndido. Sabe que ha ayudado a formar a una nueva enfermera, que ayudará a personas como su esposa, aunque solo sea haciendo compañía, cogiendo su mano y no perdiendo la sonrisa.

Una mirada y una curvatura en los labios. ¡Qué importante podía ser eso!

El mundo seguía bien porque nos empeñábamos en no perder la sonrisa un nefasto lunes por la mañana.

Por más canas que me salgan, siempre se me parará el corazón en ese preciso instante en el que me digan que tengo que supervisar a una alumna. Por más días que pasen por mis cuadrantes indescifrables para el común de los mortales, siempre tendré en la mente a aquella estudiante que fui hace ya mil años, que no sabía si la tutora le echaría la bronca por querer ponerse unos calcetines de colores como había visto que llevaban las veteranas enfermeras en planta. Y que cuando se graduó recibió de su padre el primer fonendoscopio, que aunque ahora apenas uso, no dejo nunca lejos de mi vista.

Porque siempre se puede despertar mi hija a las tres de la mañana, necesitando unas manos que la mimen, unos ojos que la miren... y mis oídos, deseando escuchar su respiración acompasada o sus canciones infantiles. Que a ella siempre la gusta estar con el fonendo puesto en sus pequeñas orejas; cantando flojito a la campana, escuchando su voz y los latidos de su corazón para entretenerse, mientras la fiebre baja...

Al Fondo, A La Derecha

Todo solía estar siempre en el mismo sitio: al fondo, a la derecha. Pero ella ya llevaba tres derechas, y mucho fondo, y no encontraba la puñetera salida del hospital.

— ¿Quién demonios diseña estos edificios? ¿Un psicópata?

El problema era que se estaba haciendo de noche, que ella llevaba las pupilas dilatadas después de salir de su cita con el oftalmólogo en consultas externas y que ya había pasado tres veces por delante de la puerta que ponía "Anatomía patológica" —o eso creía— sin encontrar la puerta que conducía a la calle.

Estaba segura de que en aquellos pasillos se asesinaba todos los días a alguien y que después deshacerse del cadáver era tan sencillo como llevarlo a incinerar o sumergirlo en algún ácido de esos que salían en las películas, que con lo mal que olía siempre todo dentro de un centro sanitario nadie se daría cuenta de que dentro de un tanque de un metro de alto se disolvía alguien, burbujeando lentamente.

Si alguna vez llegaba a toparse con el arquitecto al que se le ocurrió poner la salida del hospital disimulada como si fuera uno de los pasillos secretos del castillo de Hogwarts le iba a contar unas cuantas verdades.

Media hora más tarde había vuelto a consultas externas, después de dar un extraño giro en un pasillo por el que estaba segura de que no pasaba nadie salvo alguno de los locos que se encargaban de descuartizar personas para aliviar la lista de espera de la Seguridad Social. Una señora la miró con cara extraña, pero era cierto que tanto una como otra no tenían que ver mucho debido a la dilatación de las pupilas.

— Creo que hay que seguir las flechas que están pintadas en el suelo, señora. Eso es lo que me dice mi nieto, que voy como loca y que no leo las indicaciones.

— Estamos nosotras como para leer ahora mismo –le contestó ella, agradeciendo acto seguido el consejo de la mujer que esperaba su turno sentada en una silla de la sala de espera. Sin televisor, sin poder leer nada y con la sensación de que todo el mundo te observa, el rato entre unas gotas dilatadoras y las siguientes se hace eternamente largo.

Trató de fijar la vista en el suelo, donde cuatro flechas de colores empezaban a marcar el inicio del recorrido desde la salida de la sección de oftalmología de consultas externas. Tuvo que agacharse más de la cuenta y casi se cae de bruces, para conseguir leer las letras desgastadas de algunas de las palabras en las tiras de colores.

La de amarillo rezaba "Hospitalización" y hacía un giro hacia la izquierda nada más salir de la puerta. Luego en la roja se leía "U gencias" y con dolor de cabeza por tener que fijar tanto la vista llegó a la conclusión de que alguien con mucho tiempo libre había arrancado la R mientras esperaba su turno para ver al especialista. Una cuarta tira de plástico en color azul decía "Secretaría de Consultas Externas" como si a esa hora alguien fuera a recibir a un paciente detrás de un mostrador. Imaginó que lo más sensato habría sido poner también el horario en el que esa flecha guiaba a alguna parte útil del hospital, pero ya no tenía ganas de buscar la forma de llegar a "Atención al Paciente" para quejarse, ni tampoco encontró la flecha correspondiente para hacerlo.

— Seguro que es incluso más complicado encontrar la forma de poner una hoja de reclamaciones que salir del hospital.

La tira de color verde decía, con letras borrosas y burlonas "Salida".

Y alguien había añadido algo un par de centímetros más hacia la doble puerta de seguridad que se suponía debía proteger de incendios y que a ella se le antojaba otra forma de mantener encerrados a los pacientes en aquella enorme cárcel con olor a desinfectante, por si fallaban las primeras puertas de contención.

— Nunca se sabe cuándo van a inocularnos el virus de "The Walking Dead" y van a necesitar dos puertas en vez de una.

Lo que alguien había escrito en el suelo, en la tira de plástico de color verde, era "Buena suerte". No tuvo más remedio que reírse, al darse cuenta de que no era la única que necesitaba de la ayuda de un GPS para salir de un hospital.

Se cubrió la boca y la nariz con el pañuelo que llevaba al cuello para protegerse de los posibles virus mutantes que estuvieran dispuestos a inocularle para probar algún tipo de arma química, cogió en la mano su *spray* de pimienta para defenderse de los psicópatas que, en plan Jack el Destripador, estaban a sueldo del Ministerio de Sanidad para hacer desaparecer a los pacientes que acumulaban más de tres especialistas en lista de espera y, encomendándose a todos los santos que era capaz de recordar en ese momento, empezó a andar por el pasillo, echando en falta el plano ese que usaba Harry Potter en los libros y que se ponía en funcionamiento de forma mágica cuando pronunciaban la frase: "Juro que mis intenciones no son buenas".

Buscando Al Príncipe

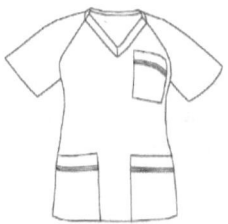

Era todas las princesas de sus cuentos de hadas, buscando a su príncipe y no encajaba en ninguna de ellas. Las páginas habían dejado su huella en la piel, pero por más que se había disfrazado con sus palabras al final volvía a ser siempre la misma mujer.

Y no tenía en su armario ninguno de los vestidos con los que ellas siempre deslumbraban. Sólo guardaba uniformes de enfermería.

Había sido La Bella Durmiente que fingió dormir cuando su novio vino a buscarla para que depositara en sus labios el dulce beso que esperaba que rompiera el hechizo. Tras tres años de relación había dejado de sentir las mariposas en el estómago y todas las noches, tras meterse en la cama, se preguntaba dónde estaba la aguja de la rueca que la hiciera dormir para no tener la sensación de estar viviendo una horrible pesadilla. Aquella mañana, tras el turno de noche en vela en el hospital, llegó su príncipe a casa y la encontró en la cama, fingiendo que dormía. La besó tiernamente en los labios para despertarla. Y no sintió nada... Su boca no le supo diferente después de contener el aliento y si abrió los ojos fue por pura desidia, ya que no quería seguir fingiendo con los ojos cerrados...

Fue La Cenicienta que se escapó por la ventana, de adolescente, tratando de llegar al baile que su madrastra le había negado. Recorrió el camino a solas, bajo la lluvia de fuegos artificiales, hasta llegar a la verbena donde su príncipe pasaba de mano en mano y a ella solo llegó cuando su borrachera era tan exagerada que ni de que la pisaba constantemente se dio cuenta. Allí dejó sus zapatos, que tras el camino a pie y después de permanecer observando al príncipe quieta, durante horas, en el borde de la plaza ya le habían hecho daño. No eran de cristal, pero sentía que le cortaban las carnes como si en verdad lo fueran con cada paso que dio al alejarse por la escalinata, llevándose el recuerdo del príncipe que intentó levantarle la falda sin casi saberse su nombre. Y no llevaba tiritas en el bolso para curar sus heridas. Y su príncipe sólo era un estudiante de medicina...

Fue Blancanieves refugiada en una habitación de hotel, de hombres en su viaje de fin de curso, esperando que el caballero al que deseaba llegara a su dormitorio y la encontrara riendo entre tanto enanito, cuando lo que en verdad quería era que la elevara en brazos, se la llevara a su propia torre y la amara por siempre antes de que tuviera que morder la manzana. Llegó la mañana, los enanos roncaban en su habitación compartida y ella había devorado todas las piezas de fruta dispuestas en la cesta de bienvenida. Para la vuelta a su cama reservó la manzana envenenada de la amargura tras pasar la noche en vela, esperando. En el pasillo del hotel se encontró a su príncipe, que regresaba de la mano de una compañera alta y rubia, que podía ser cualquiera de las brujas disfrazadas a las que tanto odiaba.

Fue la Sirenita un verano, en el que siguió a su príncipe a tierra en vez de elegir las vacaciones cómodas que su padre le había ofrecido. Ella prefirió regalar su voz siendo azafata en una atestada sala de cine en vez de disfrutar de sus merecidas vacaciones tras terminar el segundo curso de la carrera de enfermería. Sala de cine donde su silencio primaba sobre todas las cosas, pero el sueldo le permitía observar en la distancia las palabras dulces del cinéfilo de turno del que se había enamorado. Ella estaba allí, en la puerta, sin poder pronunciar una palabra, mientras él llevaba cada noche a una chica distinta a su sala. Y allí, en la oscuridad, observaba como en cada sesión él metía mano a una mujer distinta, mientras ella permanecía de pie, ganándose cada centavo para pagar el hostal donde se quedaba mientras su familia disfrutaba de la tranquilidad del largo crucero al que no había querido acompañarlos. Su príncipe no la miraba porque nunca la había escuchado...

Otro que le salió rana...

Fue tantas princesas que cuando se quiso dar cuenta, con su amargura, vestida de blanco contando historias a los niños hospitalizados en su planta, se había convertido en la mala del cuento.

Miedo A Las Agujas

— ¿Qué es lo que vas a hacer con esa aguja?

No me lo preguntó, pero sus ojos habían entrado en pánico. Era como si de repente aquel hombre de dos metros de alto hubiera empequeñecido a tamaño ratón de la cara de susto que había puesto. Había perdido el color, los ojos parecía que se le iban a salir de tan fijamente que miraba la aguja, y temblaba como una hoja.

Pensé que como se desplomara en el suelo no iba a poder levantarlo de ninguna de las maneras.

— ¿Escondo la inyección?
— Mejor tírala a la basura.

Quise bromear con él y decirle que una aguja en la basura podía conducirme directamente a la cárcel, pero teniendo en cuenta que estaría encantado siendo él quien me empujara a mi celda y tirara la llave con tal de no pincharse, no me pareció buena idea.

Aquel tipo era demasiado grande y podría conmigo, seguro.

"Tengo una aguja y sé cómo usarla".

Podría ser divertido amenazarlo con ella si llegaba a necesitarlo, en plan puñal. Estaba convencida de que a una enfermera no la debían de dejar subir a un avión con un alfiler... por si las moscas.

— ¿De verdad no va a dejar que le ponga la medicación?
— ¿No lo tienes en pastillas?

Pensé en sugerirle que había supositorios, pero no estaba el horno para bollos. Lo peor de todo era conseguir permanecer seria delante de una persona que tenía los dos brazos tatuados y que de pronto se moría de miedo con una aguja hipodérmica. Estaba segura de que esa cara no se la habría puesto al tatuador en el estudio, con la pinta de portero de discoteca que tenía el muchacho. Lo de pasarse dos horas tumbado en una camilla escuchando el aparatejo ese que te metía tinta bajo la piel era, sin duda, muchísimo mejor que dejarse poner un poco de líquido en la nalga. ¡Faltaría más!

— El médico lo ha pautado en inyección, pero siempre puedes hablar con él otra vez y decirle que prefieres que te haga una receta y tomar el tratamiento vía oral.

No lo vi muy convencido de salir por la puerta para ir en busca del médico nuevamente, tal vez porque temía darme la espalda y que aprovechara la ocasión para atravesarle la piel con la aguja.

— ¿No se lo puedes decir tú?
— ¿Y qué le digo, exactamente? ¿Qué te da miedo pincharte?

Sabía que no estaba teniendo nada de tacto a la hora de tratar a aquel hombre pero era superior a mí. Cuando me encontraba con personas que le tenían miedo a una inyección, pero que sin embargo se dejaban llenar el cuerpo de piercings y tatuajes, no podía evitarlo y me volvía malvada. Alguna compañera me había dejado caer, en petit comité, que parecía que disfrutaba aterrorizando a ese tipo de pacientes.

— Yo me hice enfermera para hacer sufrir a los hombres... Y a alguna que otra mujer, si acaso —solía contestar cuando me llamaban psicópata.

Y sí, esa era mi frase abanderada cuando estaba sentada en la sala de extracciones sanguíneas y me miraban con cara de pánico cuando me ponían el brazo sobre el cojincito negro. Mi compresor en una mano, mi campana y la aguja encapuchada en la otra... y una sonrisa malvada en el rostro.

— Un día te llevarás un guantazo de un paciente por la broma.
— Un día me cojo una baja por el guantazo de un paciente y vivo del cuento un par de semanas.

También había días en los que, por una desafortunada coincidencia, sí que hacía sufrir a alguna persona teniendo que pincharla dos veces, por lo que me ofrecía a resarcirla del daño.

— Mi coche es ese gris que está aparcado justo en la puerta. Puede vengarse con él, pero recuerde que el dolor de su brazo se irá en unos minutos y que, si me raya la pintura, será para mí bastante permanente.

Por suerte, y de momento, ninguno se había dedicado a tirarle piedras a las ventanillas... aunque tenía todavía más de media vida laboral por delante y cada vez los pacientes se volvían más quisquillosos.

— O tú más desagradable —me dijo una compañera un día cuando se lo comenté, asombrada de que aún no me hubieran pinchado las cuatro ruedas del coche dando tantos detalles de dónde lo aparcaba.
— Es que siempre doy las señas del coche del chico de seguridad.

Y claro, así cualquiera se atrevía a gastarle bromas a los pacientes.

— ¿Y una reclamación no te han puesto?
— ¿Con lo bien que saco sangre? Ni de broma. Los pacientes siempre salen de la sala de extracciones muy satisfechos...
— Y con la cabeza loca si no te callas.

Pero allí estaba yo ahora, en el servicio de urgencias, esperando a que el ropero de cuatro puertas que tenía delante de mí me dijera la excusa que quería ponerle al médico para no pincharse la nalga.

— ¿Y si te pincho sin aguja? —bromeé, con una de esas mentiras piadosas que usábamos con los niños muy pequeños cuando se ponían a llorar a moco tendido.
— ¿Sabes que no me haces ni pizca de gracia?

Molesta con el hecho de que no fuera capaz de sacarle ni una sonrisa al enorme tipo que no quería ni por lo más sagrado del mundo pincharse la nalga, dejé la jeringa y la aguja sobre el mostrador y salí por la puerta en busca del médico. Lo encontré en su consulta, rellenado un parte de lesiones.

— Dime que me haces el favor y le pautas la medicación en pastillas, anda.
— ¿Se nos han acabado las agujas? —bromeó él, que sabía lo tendente que era yo a hacerlo con los pacientes
— No, creo que lo que pasa es que no quiere que le vea el tanga de leopardo que debe de llevar debajo de los vaqueros.

El médico cogió una receta, garabateó un algo ilegible sobre ella y le puso su sello.

— ¿Humor enfermero?
— No, para eso ya tenemos en la rama sanitaria a Enfermera Saturada.

Se quedó exactamente igual que si le llego a nombrar a una de las teóricas de enfermería sobre las que estaba estudiando esos días para las oposiciones. Si llego a recitarle uno de los chistes de la enfermera Satu Gallardo podría haberlo hecho pasar por mío. Tampoco era que esperara que un médico tuviera sentido del humor...

...Ni buena caligrafía.

Menos mal que la receta la entregaría mi paciente directamente al farmacéutico y que no tendría que hacer el esfuerzo de leer lo que había escrito. Recorrí el pasillo con el papel en la mano, intentando descifrar el jeroglífico que había escrito en el recuadro, sabiendo perfectamente lo que tenía yo metido en la jeringa y que tendría que desechar en el contenedor de medicamentos.

Le extendí el papel a mi paciente, al que no se le ocurría ni en broma dar la espalda a la puerta.

— No te preocupes, te he guardado el secreto...
— Yo lo que no quería era enseñarte el trasero. Que el otro día vine con mi madre y le sacaste sangre. Y después fui a buscar tu coche. Una pena que fuera el de mi compañero vigilante y no el tuyo, porque había pensado en hacerte un par de bonitas pintadas cuando estuvieras despistada.

No me quedó más remedio que reír. Alguna vez tenía que ser la primera que fueran a devolverme la jugada.

— Otro día bromeo menos con tu madre.
— Es lo que tiene usar calzoncillos de leopardo, que nos ponen de mala leche.

Y también tendría que aprender a hablar más bajo...

La Enfermera De Las Manos Suaves

— ¿Dónde está mi enfermera?

— Se pide por favor –le reprendió su padre, mientras aupaba al niño a lo alto del mostrador para que se sentara a la misma altura que la administrativa que atendía en ese momento—. ¿Cómo se dice?

El niño, que no le llegaba a su padre ni a la altura de la cadera, resopló con disgusto. Y la administrativa, que de talla de niños entendía bien poco, pero que en los padres solía fijarse un poco más –siempre que fueran sin las madres, por supuesto— le calculó al renacuajo unos cinco añitos.

Y de manera especial, le atraían los hombres que corregían las malas formas de los hijos.

— Es complicado que a esta edad digan "por favor" –comentó ella, coqueta. Rebuscó entre los cachivaches que llevaba en su neceser para emergencias, murmurando por lo bajo que le parecía que por allí tenía uno. Cuando levantó la cabeza su rostro había adoptado una sonrisa que no tenía con la primera pregunta del niño—. ¿Quieres una piruleta a cambio de ese "por favor"?

Era una de esas chucherías con forma de corazón de un rojo muy intenso. Tenía el plástico arrugado del tiempo que llevaba metido en el neceser, pero la administrativa sabía que había que ser paciente y que nunca se sabía cuándo aparecería un hombre tan guapo como aquel.

Aunque fuera acompañado de su hijo.

— Mi enfermera dice que no debo comer golosinas.

La muchacha miró a su padre y éste se la devolvió, tal vez con cara de disgusto, aunque ella no supo descifrar de qué iba eso de entornar los ojos y dejar los labios convertidos en una fina línea recta en vez de la boca sensual y carnosa en la que se había fijado minutos antes.

Llevaba trabajando en el centro de salud tres días, cubriendo una baja de una compañera que solía cogerse unas cinco al año. "Incapacidad laboral por cada estación y otra más para cuando alguno de los jefes le echaba la bronca por algo", le habían comentado sus compañeras el primer día.

No quiso preguntar qué era ese algo, pero, teniendo en cuenta que se pasaba la mitad del año de baja, no le importaba mucho si resultaba ser que aquel contrato se prolongaba varias semanas.

— ¿Y qué más te dice tu enfermera? —le preguntó, pensando que para ganarse al renacuajo iba a tener que quemar todos los cartuchos.

No le simpatizaban especialmente los niños. Era lo suficientemente joven para que le gustara más la dinámica de crearlos que el arte de educarlos, pero sentía cierta debilidad por los padres. No por lo que pensaba la mayoría de sus amigas —que no era otra cosa que decir que le entretenía separar matrimonios— sino porque los hombres que tienen hijos suelen ser más responsables, económicamente estables y no van a ir pensando en formar una familia porque ya la tenían.

— Que no hable con desconocidas.

O era un enano de cinco años muy listo o ella no tenía ni idea de calcular la edad de un niño. La respuesta le sentó como un guantazo con la mano abierta y, aunque la manita del pequeño no cubría ni la mitad que la de su padre, le escoció en el rostro además de en el estómago.

— Bueno. Pues también en eso lleva razón. ¿Y cómo dices que se llama tu enfermera?

Tendría que agradecerle personalmente el haber enseñado el noble arte de la réplica a un mequetrefe que no le llegaba a su padre a la cadera, aunque lo cierto era que todavía no conocía a casi nadie del personal del centro. Cualquier nombre que le dijera le podía sonar tan conocido como un personaje de la Biblia, que tampoco se había leído.

El niño dudó y miró alternativamente a su padre y a la administrativa, buscando ayuda.

— ¡Vaya! No te acuerdas de su nombre, pero sí de lo que te dice. ¿Y cómo piensas encontrarla si no lo sabes?

Entonces la carita del mocoso volvió a iluminarse para el disgusto de la administrativa. El padre la miraba como si no tuviera que estar trabajando de cara al público. La verdad era que no tenía pinta de ser una mujer muy sociable, pero de algo había que ganarse la vida y ya que se había dado cuenta de que con aquel padre no iba a conseguir ligar, el tono de su última réplica al niño fue más bien desagradable.

— Es la de las manos suaves...
— ¿Manos suaves?
— Sí, tiene la consulta llena de fotos de niños, un cajón con juguetes y tiene las manos más suaves del mundo. Yo no tengo que reconocerla. Ella me acaricia cuando me ve... y entonces sé que es ella.

La administrativa se miró las suyas, con las uñas pintadas de un rojo vivo. Nadie le había dicho en la vida que sus manos fueran suaves. Con despecho, terminó atacando.

— ¿Más que las de tu madre?

— Yo no tengo mamá.

Ese dato alguien tendría que habérselo dado antes de comportarse como una cretina con un niño y más cuando su padre era tan interesante. Arrugó la nariz al tiempo que el hombre bajaba a su hijo del mostrador, lanzándole una mirada desaprobatoria. Estuvo segura de que lo siguiente que escucharía sería una petición de una Hoja de Reclamaciones.

Y de pronto pasó una mujer con un uniforme de colores, cascabeles en el bolsillo y una canción alegre en la boca. Acto seguido, la enfermera vio al niño, se agachó delante de él y le acarició tiernamente la barbilla.

Era verdad... ella era la que lo reconocía a él.

El pequeño se abrazó a ella y dejó que lo condujera hacia su consulta, llena de fotografías y de juguetes que habían consolado a miles de niños en el momento de una vacuna. No miró atrás mientras se perdían por el pasillo, seguidos por su padre, que por suerte se había olvidado de ponerle una queja por escrito.

Se había dejado la piruleta con forma de corazón, tan roja como sus uñas...

Pero el niño había preferido hacer caso a los consejos de su enfermera.

La enfermera de las manos suaves.

Tu Nombre En El Esparadrapo

Hoy, rebuscando entre las cajas que tengo guardadas en tu alcoba, he encontrado ese trozo de esparadrapo donde pintaron tu nombre. No son simplemente un par de letras escritas en rotulador negro para identificar tu cuna. A ti, por ser el único adorno que podrías llevar en muchos días, te dibujaron el nombre más bonito que pudo permitirse la autora con las prisas.

Todos los padres ponen un peluche en la cuna del hospital donde dormita su bebé. A veces incluso sábanas traídas de casa, chupetes con el nombre serigrafiado o los patucos que le cosió durante muchas noches una abnegada abuela. Yo no pude hacer nada de eso, salvo ver que habían pintado tu nombre en una tira de esparadrapo, junto con la carita de un gato con un lacito rosa. Lo vi al día siguiente de que nacieras, pegado al metacrilato de la incubadora, como única referencia a que ese enorme bebé que yacía apenas sin vida tenía una familia que lo quería y que lloraba por no poder acunarlo entre sus brazos.

Que te quería...

Recuerdo que la auxiliar de enfermería que lo escribió me dijo que era un nombre muy bonito, pero que hubiera sido más apropiado que te llamará África... Otro día te cuento el motivo, que esa anécdota es un poco más larga. También recuerdo que me dijo que le había quedado un poco mal el esparadrapo, porque esa noche les diste mucho trabajo y te empeñabas en hacer sonar todas las alarmas a las que te tenían conectada.

Revoltosa desde el principio, incluso sedada y conectada al respirador.

Al final, tras una larga jornada, la auxiliar se dio por satisfecha con la A medio torcida y una H a medio montar. En verdad no se leía muy bien el nombre de Ágatha, pero yo que sabía cómo te llamabas si era capaz de leerlo. Supongo que un médico sí sería capaz de entenderlo, porque ya sabemos lo mala que suele ser su caligrafía. El gatito quedó mejor, pero no se lo dije. Tampoco ella me dijo que no se esmeró demasiado en el nombre porque todos en la unidad de cuidados intensivos estaban seguros de que no sobrevivirías...

El nombre no iba a durar mucho pegado al jodido metacrilato...

Pero te empeñaste en demostrar que te iba más tu nombre que el de África y que un bebé nunca se debe dar por perdido. El día que yo misma despegué el esparadrapo de la cuna para llevarlo contigo a casa no pude mirar a los ojos a la auxiliar que lo había pintado, ya que no estaba trabajando en ese turno. Sin embargo, sí sé que se comió un buen trozo de tarta el día que, cuando cumpliste un año, llevamos juntas el pastel al hospital para celebrarlo.

Hicimos que en la oblea que decoraba el pastel pintaran las mismas letras y el mismo gatito. El lazo quedó mucho mejor en azúcar que en esparadrapo de tela.

Las tartas de fondant tienen su encanto.

Hay veces que merece la pena dedicarle un poco más de tiempo al dibujo en un esparadrapo. Y más si se trata de una niña tan especial como tú, que ni sedada dejabas de hacer sonar todas las alarmas.

Hoy, tras tantos años sin verlo, miro el trozo de tela y recuerdo el día que te identificaron con él, a la carrera, sin casi tiempo a cenar y con menos tiempo para dormir. Hoy miro el esparadrapo y me entran ganas de llorar, a sabiendas de que todo salió bien y que, al igual que aquella mujer, yo vi también tu nombre cincelado en una pequeña lápida.

Hay cosas que es mejor no plantearse.

Hoy me preguntas qué hace tu nombre pintado al lado de la cara de una gatita... Y pienso que mejor esperar aún un par de años para darte ciertas explicaciones. Lo de la gatita sí puedo explicártelo y te cuento que ya desde que naciste supimos que ibas a ser alérgica al pelo de los animales y que como no te íbamos a comprar nunca una mascota siempre venía bien que tuvieras dibujos de ellos cerca.

Menos mal que todavía eres demasiado pequeña para cogerme las mentiras.

Hoy sólo me nace abrazarte. Ya habrá tiempo de desvelarte mis angustias más adelante... Que para contarte que tengo un trauma con el partido de la final del mundial de fútbol en 2011 y que le tengo manía a Iniesta.

Y de explicarte el motivo por el que el nombre de África no te habría pegado para nada.

El Sol No Es Amarillo

Siendo pequeña, una tarde le faltó la cera amarilla para colorear el sol. Tenía ante sí una cuartilla doblada en dos, con una casita de tejado a dos aguas y una enorme chimenea coronando la cima de una colina. Hierba verde salpicada de florecillas, algo que parecía un perro cerca del camino que llevaba a la casa y un charco a modo de lago que por la inclinación en el paisaje haría tiempo que se habría quedado sin agua —perdida ladera abajo— completaban el cuadro.

Allí, en medio del blanco que la niña no había pintado en el cielo, esperaba su sitio el sol, de rayos irregulares como si de una mata de pelo mal cortada se tratase.

Era un dibujo para llevarle a su madre al hospital donde estaba ingresada.

Ante la cara de desconsuelo de la pequeña, su padre cogió entre los dedos la cera de color rojo para que lo pintara extendiéndosela frente a los ojos. Su hija, extrañada, le dijo que el sol sólo podía ir pintado de amarillo. ¿De qué otro color, si no, iba a poder dibujar algo que siempre brillaba en el cielo de forma tan clara?

> — Cuando seas mayor verás muchas puestas de sol maravillosas, donde el horizonte se teñirá de cualquier color menos de

amarillo. He contemplado miles de ellas con tu madre. Seguro que le encanta de cualquier color que se lo pintes.

Su padre le sonrió con ternura y la pequeña aceptó que aquel hombre que nunca le mentía comenzara a rellenar el vacío de la cara del sol de un rojo intenso, al que añadió más tarde algo de azul, y un poco de violeta. Al principio pensó que de esa mezcla, de repente, surgiría el amarillo que tanto ansiaba, pero tras combinar todos los colores que se le ocurrieron en la parte trasera del folio, pudo entender que el amarillo no se creaba, sino que simplemente existía.

Era un color demasiado especial para conseguirlo mezclando ceras...

Ahora, con cuarenta años, viajaba por el mundo buscando los atardeceres de los que le había hablado su padre. Bahías calmadas en malvas; los rojos ardientes con jirones de nubes enredados en la figura difusa de un sol medio escondido entre montañas; los azules plácidos con los sonidos de las gaviotas de fondo desde una hamaca en una apartada playa; incluso los verdes radiantes escapados de entre las ramas altas de los bosques tropicales, con el vapor de agua ascendiendo delante de su mirada.

Había huido del color amarillo desde que su padre falleció años atrás, tras sufrir amargamente la muerte de su madre. Había viajado decidida en busca de ese atardecer tan especial que coloreó en el papel de su pequeño paraíso. Ahora vivía en una diminuta casita de ladrillo con una enorme chimenea, apuntalada porque el arquitecto le dijo que el tejado a dos aguas no aguantaría el peso y así había sido. Ella quiso que ampliaran el tiro tanto que a punto estuvo de hundir el techo de teja, bajo la mirada desaprobadora del especialista que se llevaba las manos a la cabeza con cada nuevo ladrillo que se le añadía a la chimenea.

El arquitecto había acabado tirando el casco de protección al suelo, enfadado, y después tuvo que correr detrás de él cuando empezó a rodar ladera abajo.

Había cavado ella misma la pequeña laguna que había delante de la casa, en la empinada colina y la rellenaba de agua casi todas las semanas porque no había forma de dejarla estancada.

Se había hecho pintora...

Y en las tiendas especializadas, donde compraba sus pinturas para seguir plasmando atardeceres inolvidables, la conocían como la supersticiosa, ya que cada vez que iba a comprar una caja nueva de colores dejaba sobre el mostrador el tubo de color amarillo...

Ninguno supo nunca que no le hacía falta.

Ella iba buscando atardeceres distintos.

Limpiar El Polvo

¡A la mierda la mierda! ¡A la mierda el polvo!

Así de decidida, tras veinte años sin querer que entrara nadie en casa, se mostraba aquella mañana. A la mierda la falta de tiempo y a la mierda la vergüenza. Alguien tenía que encargarse de limpiar lo que a ella hacía mucho que se le escapaba.

No le había hecho nunca gracia dejar que alguien removiera sus papeles, husmeara en sus cajones y viera lo que contenía su nevera. No le apetecía, pero de pronto tampoco pareció relevante. Allí está, en la puerta de su casa, dejando que el olor a humedad le llene las fosas nasales y que los ojos se le adapten a la falta de luz del pasillo de entrada, mientras la corriente de aire levanta el polvo del suelo y convierte en neblina el espacio hasta el salón.

Parecía la casa de los Monster en la serie que había visto en la televisión de pequeña.

Así llegaba al piso, cada semana, tras darse el tratamiento de quimioterapia.

Allí está, con ganas de mandarlo todo a la mierda.

Con ganas de que alguien venga a limpiarle el polvo.

O a echarle un polvo, que también le hacía falta.

Triste haber perdido la batalla. Cuando se intentaba sacar el trabajo a solas, sin contar con nadie, podía pasar lo que le había pasado a ella. Una casa cerrada a la que nadie se acercaba porque, tenía que reconocerlo, le daba cierta angustia mostrarla. Se acostumbró a las cenas en soledad porque la grasa se acumulaba en la cocina. Se acostumbró a no compartir la cama porque las sábanas se cambiaban menos de lo aconsejado y cada vez había más cabellos caídos en la almohada.

Y se acostumbró a no compartir la espuma de la bañera porque a ella tampoco le daba tiempo a llenarla. Aunque siempre se reía de ese pensamiento porque era demasiado pequeña para que cupieran dos cuerpos y jugar al tetris a su edad ya estaba pasado de moda.

Sus articulaciones ya no eran de muñeca.

Se acostumbró a estar sola...

A pasar la enfermedad entre mierda y tristeza.

Se acostumbró a que la suciedad no le importara.

Pero ahora, mirando la niebla de su pasillo, con la rabia de ver que era imposible hacerlo sola, toma la determinación de que su intimidad ya no importa tanto. Iba a dejar que un extraño viera la ropa interior que guarda en los cajones, que viera los documentos de su estudio, los libros que almacena en la librería y su consolador escondido en la mesilla de noche. Iba a dejar de ser la ermitaña que protegía con celo la ropa que ya no se ponía, pero que le da pena tirar por los recuerdos que guardaban. Iba a dejar de ser la huraña que acumulaba velas para ocasiones especiales y que por falta de ellas se encontraba un día que todas las mechas están intactas. Va a dejar de ser la solitaria que tampoco puso un gato en su vida porque sabía que ni a cambiarle la tierra llegaría por las mañanas.

No quería morir tan sola.

Por fin iba a abrir las ventanas...

Por fin iba a correr las cortinas, dejar que el vecino la espiara y desnudarse en plan sexy delante de los ventanales abiertos aún a riesgo de que alguien llamara a la policía acusándola de exhibicionista.

Una cosa era preservar la intimidad y otra muy distinta dejar de avanzar porque le atormentara mostrarse vulnerable.

Y mostrar el jabón con el que se lavaba todos los días la cara, bien mirado, no era demasiado íntimo.

Se podía saber demasiado de ella observando...

Que tenía acné aún con sus cerca de cincuenta años y que le avergonzaba tanto como para seguir tratándoselo. Que usaba una talla L de pantalón y que había hecho siempre una sempiterna dieta para tratar de bajar a la M. Que solamente vivía ella en la casa, pero que todavía incluso así dejaba espacio en el ropero para cuando llegara el hombre apropiado. Que entre los libros que leía entremezclaba historias de novela rosa, suspirando por los romances que se había perdido en la vida...

Tratando de limpiar el polvo, sin llegar a encontrar el tiempo para hacerlo.

Se le había escapado la vida invirtiendo tiempo en no ser lo que era y, luego, ocultando lo que nunca le gustó ser.

Y ahora todo eso tenía una densa capa de polvo que no le daba sino alergia...

Ya era hora de volver a abrir las ventanas y mostrarse como era. Con polvo y arrugas incluidas, sin pelo y ojeras por las noches en vela, con páginas de buena literatura e historias para jovencitas quinceañeras. Con acné, dieta especial para enfermos oncológicos y un consolador sustituyendo al amante que no tenía.

Tal vez era precisamente lo que le hacía falta. Meter a tres personas en su vida. Bueno... dos personas y un gato. Una chica que le limpiara el polvo y un hombre que le echara uno.

No. Un hombre que le echara muchos...

Ya era hora de recordar de qué color eran en verdad los muebles de su casa.

Reunión De Zuecos

— ¿A ti te parece serio que una enfermera lleve calcetines rojos con corazoncitos violeta en el trabajo?

Los zuecos tenían su charla semanal sobre las taquillas del vestuario, donde las enfermeras que finalizaban el turno los dejaban hasta el día siguiente. Ellos solían organizar las reuniones los sábados por la noche, que era cuando menos enfermeras había de guardia y así eran más los asistentes para interactuar en el debate sobre los calcetines de colores.

— Me parece más serio que la manía de comprarlos negros con calabazas de Halloween para la noche del treinta y uno de octubre. Para mí eso ya fue el colmo. ¿A nadie se le ocurrió comprarlos de castañas?
— No creo que los vendieran en los chinos. Es más, si los chinos llegan a ver la forma de una castaña habrían pensado que era la caca sonriente del whatsapp, pero invertida.
— ¿No hay castañas en China?

El resto de zuecos de colores sobre las otras taquillas rieron animadamente. Después de un ajetreado día de trabajo, en el que a más de uno le había caído alguna que otra gota de alguna sustancia que prefería no identificar y después de que los hubieran frotado con desinfectante y papel dejándolos con un olor intenso, bien se merecían unas carcajadas.

— Sigues oliendo mal, chico.

— Pues mejor eso a estar pringado de lo que me cayó encima esta mañana.

Había rogado que fuera café, pero lo cierto es que no podía afirmar que no hubiera sido orina de algún paciente. Y había preferido mantener los ojos cerrados para no ver el color de la mancha.

— ¿Y qué tienes tú en contra de los colores alegres? –preguntó un zueco blanco con manchas de pintura, como si llevara toda la vida siendo el zapato que usaba un pintor de brocha gorda–. A mí no me molestan los calcetines de colores.

— A ti tu dueña no se atreve a combinarte con otro color que no sea el blanco –respondió otro, verde botella, que había servido en su momento en quirófano y ahora había sido relegado a unidades menos especiales.

Lo llamaban "El Sargento", ya que desde que había llegado a la unidad siempre se había comportado como si en verdad tuviera galones. Siempre se estaba quejando de lo poco limpios que estaban los suelos de aquella planta de hospitalización, de que la humedad era excesiva y de que en quirófanos nunca había corrientes de aire.

Y al de manchas de colores lo llamaban "Picasso", aunque en la intimidad, cuando no estaba porque su dueña los tenía recorriendo pasillos... "payaso".

Los zuecos podían llegar a ser muy crueles.

— Pues llega Navidad, chicos, y ya sabéis lo que toca.

Todos se estremecieron, recordando el ridículo por el que habían tenido que pasar el año pasado. Lo peor no había sido la competición que habían mantenido las enfermeras a lo largo de las fiestas pasadas, con calcetines a cada cual más llamativo. Desde los típicos copos de nieve a los paquetes de regalos navideños, pasando por los abetos adornados con cientos de bolas. Incluso unos calcetines trajeron luces led incorporadas y iluminando el dichoso arbolito a cada paso, deslumbrando al infeliz zueco que tuvo que soportar estar así de adornado casi toda la Navidad.

Más de uno se preguntó si aquellas luces no se estropeaban cada vez que la enfermera los metía en la lavadora.

Pero no, allí seguían, los muy malditos. Que los chinos no supieran lo que era una castaña, pero sí hacer luces indestructibles era algo que ninguno de los reunidos encima de las taquillas entendía.

Lo peor había sido, sin duda, la humillación que habían sufrido todos cuando las enfermeras se dispusieron a posar para la foto de aquel año y les colocaron una especie de diadema con cuernos y una bola roja a modo de nariz de reno en la punta.

A "El Sargento" se le saltaron las lágrimas...

Con lo que él había sido...

— ¿Y qué podemos hacer si vuelven a ponernos los cuernos?
— Creo que lo más digno será saltar por la ventana —respondió el que estaba acostumbrado a los quirófanos.

Pero todos sabían que las ventanas estaban muy altas... y que en un hospital sólo en pediatría salían los zapatos volando por los aires.

No, mentira, también en psiquiatría...

Fetiche:

cofia y medias blancas

Ya, ya sé que es algo que está muy visto en las tiendas de disfraces eróticos. ¡Pero se siguen vendiendo! ¿Por qué?

Le dices a alguien que eres enfermera y la mitad de las veces te pintarán en su mente con ese atuendo tan fácil de llevar cuando estás cogiendo vías y poniendo sondas. Las películas porno han hecho mucho daño a la imagen seria que debiera aparecer en nuestra cabeza cuando pensamos en una enfermera.

¿Qué a ti no te pasa?

¡Ups!

Pues va a ser que yo tengo la mente perversa...

¡Con lo cómodos que son los escotes y las mini faldas cuando una anda trabajando con los pacientes! Más de una vez una compañera me ha dicho que con ese canalillo a la vista es difícil que al paciente que está esperando en la sala de espera con un captopril (espacio publicitario, cobro si quieres que ponga en este punto el nombre comercial de la marca registrada) bajo la lengua se le vaya a bajar la tensión.

¿Qué te imaginas, entonces, que pasa en un hospital cuando se quedan una enfermera y un paciente a solas? O mejor... ¿Qué piensas que ocurre cuando llega la noche y el médico y la enfermera comparten un café en la sala de control y nadie les observa?

¿Nada?

Es verdad, no pasa nunca nada. Tenemos una profesión muy aburrida.

Pero... ¿y si pasara?

¿Quién dice que el sexo no es bueno para la salud?

Mamá... no leas.

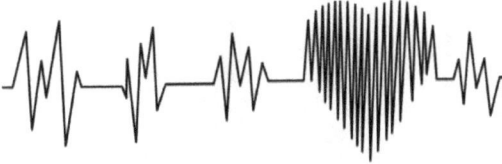

Urgencias

Demasiado excitante para pedirle que parara... aunque sabía que debía hacerlo.

Sentada a los pies de la camilla, con las piernas colgando por la altura, trataba de contener la respiración. Y él, con voz aterciopelada y exigente, me pedía que me relajara y respirara.

> — Cierra los ojos y respira —me decía, mientras su mano presionaba un punto concreto en mi cuello, dando masajes circulares con un par de dedos. Su otra mano me sostenía la espalda y evitaba que pudiera alejarme de su contacto.

No había nada en ese momento que pudiera hacer que le retirara la mano.

Sentía su aliento dulce al lado de mi rostro, donde había colocado la cabeza para tratar de controlar la respuesta de mi cuerpo a su maniobra. Y no sé si le gustaba o no cómo iba resultando la cosa, pero no dejaba de presionarme la espalda, dominante, atrayendo mi cuerpo hasta el borde de la camilla.

Contaba mis respiraciones o mi pulso o, simplemente, me observaba elevar el pecho y tensar la blusa sobre los senos. No me atrevía a mirarlo para averiguar la verdad, porque probablemente si giraba la cabeza, sus labios y los míos quedarían tan cerca que sería inútil tratar de reprimir el beso que nos estábamos negando.

— Respira hondo y siente mis dedos.

No podía sentir otra cosa en ese momento. Si había llegado a la consulta a esas horas de la madrugada era porque no conseguía respirar bien. Disnea, según me dijo el médico tras una primera evaluación. Me había hecho unas cuantas pruebas, entre las que se encontraba auscultarme el tórax mientras yo trataba de controlar mis emociones. Desabrochar los botones de la blusa para dejar expuesta la piel que necesitaba para sus propósitos fue demasiado erótico para que no se hubieran puesto duros los pezones y no precisamente por el frío.

Hacía, por el contrario, demasiado calor en esa consulta.

Los ojos del médico habían luchado por no bajar hasta los pechos, pero no había podido evitarlo. Un par de vistazos rápidos mientras cambiaba de sitio la campana del fonendoscopio hizo que lo que era evidente para él lo fuera también para mí. Su pantalón se abultó mientras una de sus manos rozaba como por casualidad uno de mis pezones y ambos nos miramos como sorprendidos por el contacto.

Fue la primera vez que tuve que reprimir el impulso de abrir la boca y dejarme saborear por sus labios.

Cuando pasó a auscultarme la espalda, la mano libre la colocó en la parte alta de mi pecho, justo sobre los senos. Nunca una mano me había calentado tanto la piel. Simplemente, dejé de respirar. Mis ojos no podían apartarse del hechizante espectáculo de su mano sosteniendo mi cuerpo mientras comprobaba lo acelerado que iba mi corazón en aquellos momentos. Cada suave toque del aparato sobre la piel de mi espalda conseguía que la arqueara, sorprendida de la sensibilidad que había llegado a desarrollar en un momento bajo su tacto. Y cada vez que mi espalda se arqueaba, su palma sobre mi pecho presionaba un poco más, reteniendo mis movimientos.

No pude impedir que la imagen de sus manos aferrando mis hombros invadiera mi mente.

Lo imaginé depositando sus labios en el ángulo de mi cuello, donde empieza a llamarse de otro modo. Un beso húmedo, con la lengua presta a probar el sabor de mi piel temblorosa. Lo imaginé deslizando la lengua, subiendo por el cuello hasta llegar a la parte posterior de la oreja y detenerse allí para besar el lóbulo, diligente y tierno. E imaginé su mano bajar hasta cubrir por completo mi pecho, tomándose la licencia de pellizcar el pezón, dejándome sin aire, mientras empezaba a susurrar al oído las primeras palabras subidas de tono.

— Tengo ganas de follarte.

A esas alturas, mi imaginación había conseguido que estuviera completamente mojada. El médico continuaba buscando signos en mi pecho y yo trataba de no mirarlo demasiado, convencida de que si lo hacía acabaría separando las piernas para que el resto de la inspección la hiciera entre ellas.

Pero la escena que me había hecho ruborizar era, sin duda, la de sus manos aferrando mis hombros, conmigo acostada sobre la camilla, sin ropa entre ambos que estorbara, con su cuerpo introducido entre mis muslos y su espalda arqueándose en esa primera embestida, lenta y profunda, que le hiciera necesitar aferrarse a mis hombros para permanecer bien dentro de mí.

Y su gemido...

Una voz profunda y ronca, dejando escapar el aire de forma lenta y pausada a medida que su polla se abría paso en mi interior, llenando el vacío húmedo y cálido que había despertado con su tacto.

Estaba demasiado excitada para que no se me notara.

Y él también lo estaba.

Cuando terminó la auscultación se apartó mínimamente de mí, sin retirar la mano del pecho. Creí haberle escuchado que necesitaba disminuir las pulsaciones de mi corazón, pero las palabras que fue pronunciando se me escapaban de la cabeza mientras ésta se llenaba de las escenas que segundos antes me habían asaltado. Veía sus labios moverse, pero no le prestaba atención. Mis ojos andaban perdidos en su lengua húmeda, que asomaba pícaramente con sus sonrisas, embaucándome.

Me tenía completamente rendida. Podía estar pidiéndome permiso para follarme en aquel mismo momento y no me había enterado. Podía estar diciendo que iba a ponerme de pie, a inclinarme sobre la camilla para admirar mi tentador trasero para luego desnudarme lentamente, dejando caer la falda al suelo y admirar mis braguitas. Podía estar comentándome que iba a rozar mi vulva para ver si tenía el coñito húmedo para luego apartar la tela lentamente dejando expuesta la zona que deseaba torturar con su polla. Podía estar contándome que se iba a desatar el lazo del pantalón de su uniforme para abrir la bragueta y sacar su miembro henchido, aferrarlo con una mano para dejarlo justo a la entrada de mi coño y mientras me sujetaba firmemente por las caderas, iba a presionar hasta hacerme sentir toda su virilidad dentro, sin espacio para nada más...

Podía estar pidiéndome que gimiera mientras me follaba y no me estaría enterando.

Cuando de pronto hizo el gesto para que empezara a abrocharme los botones de la blusa, caí en la cuenta de que no sabía qué había pasado. Mientras mis dedos intentaban hacer lo que él me indicaba, intenté concentrarme en saber si me había dado un diagnóstico o si debía seguir observando mi cuerpo durante un rato más. Cuando levanté la vista lo encontré con la mirada perdida en el hueco de mi escote y me temblaron las piernas.

No abroché el botón que estima la línea del decoro...

Ni el de abajo tampoco.

El médico me observó el rostro, tratando de buscar algún signo que le dijera que se estaba imaginando que lo deseaba y supongo que no encontró ninguno. Tomó mis manos, que había dejado apoyadas sobre los muslos y las colocó a ambos lados de mi cuerpo, en la camilla. Dos de sus dedos subieron lentamente hasta mi barbilla y, sin apartar los ojos de los míos, tocó mi piel en ese punto. Los deslizó hasta la garganta y bajó hasta ese lugar donde el sudor se deposita cuando el sexo es violento y los cuerpos chocan entre jadeos entrecortados con las embestidas de una polla decidida.

Allí, en ese punto, enterró los dedos.

Fue como si los hubiera metido en lo más profundo de mi entrepierna. Así lo sentí y así se arqueó mi espalda, nuevamente, como si lo hiciera.

Y allí andaba yo, con los ojos cerrados y sus dedos presionando un punto que se suponía que iba a hacer que me relajara, que respirara mejor y que mi corazón se enlenteciera cuando lo que yo quería era respirar de forma entrecortada por el sexo sin sentido con el médico que a las tres de la madrugada me había recibido medio empalmado y somnoliento en la puerta del centro de salud.

Quería mi corazón desbocado mientras me follaba sobre la mesa de la consulta, con mis cabellos entre sus dedos y mis piernas separadas para recibir sus envites una y otra vez hasta que el mueble chocara con la pared y ya sólo mi cuerpo fuera el que se moviera con su follar salvaje e indecente.

— ¿No te encuentras mejor? —me preguntó, tan cerca de mi rostro que sentí las palabras acariciarme la piel como un beso.

Todo lo que fui capaz de expresar fue una negativa con un gesto de la cabeza, sin atreverme a decir que iba mejor, por si acaso retiraba los dedos de mi piel o su mano de mi espalda.

— ¿En serio? —preguntó, pícaramente, acercando su cuerpo un punto más al mío.

Llegando a rozarme con su pelvis la cadera colocada en precario equilibrio.

Su polla me quemó a través de su ropa y la mía y lo sentí duro como sabía y rogaba que estuviera. Tanteó con su cuerpo a ver si ofrecía resistencia y al no obtener negativa tomó valentía y comenzó a frotarse contra mi cadera, lentamente, arriba y abajo, mientras sus dedos continuaban ejerciendo su magia bajo mi garganta. No recuerdo en qué momento su mano en mi espalda aferró mis cabellos, tirando de ellos para que mi cabeza fuera hacia atrás y expusiera la piel que deseaba. Sé que acto seguido retiró sus dedos y su boca fue a suplir la ausencia de ellos, lamiendo con lengua experta la zona que de forma tan poco decente había calentado con los dedos.

Tampoco recuerdo el momento en el que empecé a jadear sin remedio, escuchándolo a él hacerlo mientras continuaba con su lento movimiento de pelvis contra mi cuerpo. Desde abajo, como si con la polla quisiera recorrerme el muslo, la cadera y la cintura, se disponía una y otra vez a frotarse. Y lo hacía como si me follara, profundizando, oprimiendo mi cuerpo contra el suyo, sin dejar espacio entre ambos. No era un roce sutil, me follaba contra la piel, aunque hubiera ropa.

Por supuesto, tampoco recuerdo el momento en el que su mano bajó a separarme las piernas.

Los dedos se metieron en medio de mis muslos y me obligaron a moverlos para ofrecerle la parte de mi cuerpo que deseaba. Y yo, que lo deseaba más todavía, dejé que arrastrara mi muslo sobre la camilla para que la falda huyera de ellos. La levantó y la sujetó para exponer a su vista mis bragas y allí encontró la mancha de humedad que tanta vergüenza me daba mostrarle. Con los nudillos pasó los dedos sobre la zona donde supuso que merecía más atenciones y mi clítoris se hinchó al instante. La espalda volvió a arquearse, pero controló mi cuerpo con la mano aferrada a mis cabellos y sus dientes clavándose en mi cuello.

Sin embargo, recuerdo perfectamente el momento en el que apartó la tela de mi entrepierna y aferró el clítoris con dos dedos expertos buscando mi respuesta. Gemí al techo mientras mis muslos se estremecían. Las manos se me cerraron en puños a ambos lados de mi cuerpo mientras su polla continuaba frotándose contra mi costado, cada vez más mojada. Y sus dedos, simplemente, se perdieron entre mis pliegues, jugando con ellos, pellizcando, acariciando y palmeando la zona completamente encharcada.

— Delicioso...

No sé si sentía más sus dedos, su polla o su lengua recorrer la zona intermedia de mis pechos para ir a buscar luego un pezón que apresar dentro de la boca. Me chupó ambos como si lo necesitara para vivir, mientras sus nalgas continuaban con su bamboleo contra mí y sus dedos me torturaban, a punto de arrancarme un orgasmo.

Y cuando estaba a punto de correrme, ya sin remedio, empezó a follarme con los dedos. Los sentí rudos, infinitos y enormes dentro de mi coño y los envolví con la fuerza que dan los espasmos justo cuando estás a punto de explotar, gritando. Los metió y sacó como si fuera su polla la que me follaba, con apremio y dureza, chocando con el fondo como no lo había hecho nunca una verga. Cuando mis gemidos se elevaron me clavó los dedos tan hondo que podía haber incluso dolido, pero su boca fue a tapar la mía para respirar el aire que necesitaba descargar con el orgasmo. Su mano liberó mis cabellos, y sujetándome por la cintura se frotó contra la cadera de forma violenta, sintiéndolo gemir también en mi boca, mientras le llegaba a él el orgasmo y sentía mojarse la tela de su ropa y la mía con el último empujón.

Tampoco recuerdo el momento en el que sacó los dedos y se apartó un poco de mi lado.

Lo que sí recuerdo es que al poco tiempo de correrme respiraba bien, no sentía presión en el pecho y la taquicardia había desaparecido.

Tendría que preguntarle si atendía por consulta privada...

Infidelidad

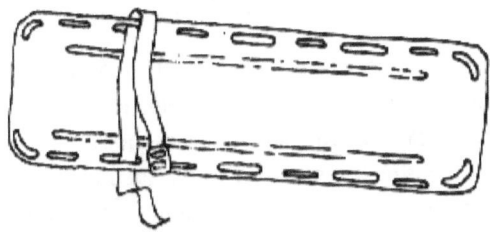

El primer paso para afrontar un problema es reconocer que lo tienes. Yo, que de un tiempo a esta parte tengo la extraña virtud de atraer a personas que me los cuentan, me encontré el otro día con una mujer que se dispuso a hablarme del suyo. Sin pelos en la lengua y con dos tazas de café entre nosotras me dijo que era infiel.

La diferencia entre esa historia y cualquier otra era sin duda la protagonista, aunque no iba a negar que mi imaginación no hiciera nada para que de repente estuviera allí sentada, en el sillón de la consulta de mi psiquiatra, contando la historia de otra mujer. Me impactó su franqueza al hablarme, esa forma tan intensa de mirarme mientras lo hacía, ese rubor que vestía sus mejillas al recordar algunas cosas y el hecho de que cuando hablaba de cosas muy íntimas siempre se le erizaba la piel de los brazos... y de los muslos.

No me contaba patrañas, me desvelaba verdades.

No era que le gustara el sexo más que a otras mujeres. Lo que la excitaba era la infidelidad.

Para mí fue todo un descubrimiento. Había escuchado historias de hombre y mujeres que vivían siempre pensando en sexo. Hacía algunos años lo consideraba una enfermedad. Ahora, que ya no me chupaba el dedo, entendía que la gente estuviera más dispuesta a llevarse las cosas buenas de la vida que las malas y que, si podían echar un buen polvo con la persona que en ese momento pareciera oportuna, lo hicieran sin prejuicios. Al fin y al cabo no debía importar que a mí me pareciera mal que la mujer que cogía el autobús todos los días en la misma parada que yo se abriera de piernas para dejarse empalar por una verga distinta cada noche.

Ella no iba a disfrutar menos cuando su amante se le pusiera a horcajadas sobre la cabeza y, con apremio, le embistiera sobre los labios meneando las caderas, llenándole la boca con su carne y los oídos con sus jadeos de placer. A esa mujer que me acompañaba hasta el trabajo todos los días en el autobús le importaba poco si a mí me parecía denigrante que su amante decidiera sacar la polla en el último momento y se le antojara correrse sobre su rostro desfigurado por el deseo. A ella podía gustarle sentirse marcada, excitada al notar el abandono de su macho en ese sublime instante en el que solo estaban ellos y sus vicios.

El sexo estaba libre de prejuicios. Solo entendía de deseo, desenfreno y, muchas veces, excesos. Perderse en la pasión y las fantasías nunca podía ser malo si los dos disfrutaban.

Pero aquello era distinto...

Mi interlocutora no me contó que le gustara el sexo. Me hizo sentir lo que ella sentía y era el morbo de ser pecadora. Mala mujer, mala novia... El deseo de estar con otros hombres que no fueran su pareja.

Encenderse, perder la razón, follar como un animal con el hombre elegido.

Mis conocimientos sobre infidelidad hasta aquel momento se reducían a un par de historias contadas por mis amigas en la adolescencia y a una vez que me morreé en la última fila de la sala de un cine con un compañero de clases en la universidad teniendo yo pareja estable desde hacía dos años. En ese momento, en el que me sentía confesora de pecados de la mujer con el alma más negra del mundo, me vino a la cabeza y a la entrepierna el momento en el que aquel chico me puso la mano encima de la rodilla y la dejó interminables minutos quieta.

Mis ojos dejaron de prestarle atención a la pantalla y la respiración se volvió tan entrecortada que supongo que tuve que parecerle muy cómica a mi acompañante. Me tentó, me dejó que le diera alas y eso hice.

No le quité la mano.

Mi cuerpo ardió todo ese tiempo, esperando que sus dedos recorrieran el camino en ascenso hasta el muslo, del muslo al interior de las piernas y allí se perdieran en la humedad que me moría porque encontrara. Me sentí hervir, mala, sabiendo que aquello no era correcto, pero que sin embargo lo necesitaba tanto como el agua que bebía todos los días.

Y en aquel momento tenía la garganta tremendamente seca.

También mientras escuchaba los relatos de la mujer pecadora. Los jadeos tienen ese molesto efecto. Te dejan sin saliva en la boca...

Y yo, cada vez que jadeaba, me imaginaba depositando mucha saliva en la polla del hombre que me producía el jadeo. No entendía muy bien el motivo por el que mi mente siempre dibujaba una mujer de rodillas delante de un tío, con su polla llegándole hasta lo más profundo de la boca cuando pensaba en infidelidad. Las conexiones que hacía mi cabeza para llegar a esa escena eran un misterio y, probablemente, mereciera la pena que algún día se lo comentara a mi psiquiatra.

Mi interlocutora hablando. Yo con la imagen de la mano de aquel chico en mi rodilla y mi psiquiatra escuchando todo aquel barullo que salía de la garganta, que estaba nuevamente seca.

— Céntrate —me exigió mi loquera, que con tanto salto temporal se había quedado pensando que el chico del cine tenía algo que ver con la mujer que había vuelto mi mundo del revés—. ¿Qué quieres contarme primero?

No lo sabía...

Cerré los ojos y respiré profundamente varias veces. La mano de aquel chico estaba aún sobre mi rodilla, perdida en algún pasaje de mi adolescencia que no había conseguido superar. El relato de la mala novia lo había sacado a flote y necesitaba entender por qué me tenía tan cachonda la idea de ponerle ahora los cuernos a mi marido, tras diez años de feliz matrimonio.

Sí, por eso estaba en la consulta de la psiquiatra. No iba a ser porque me gustara pagarle para contarle historias morbosas de mis conocidas depravadas.

La mano de aquel chico, el calor que casi quemaba, la sensación de que si no me metía un par de dedos entre los labios bajos moriría... Contar los latidos que se podían oír a través de la piel encendida.

Deseo. Pérdida de control. Pérdida de valores.

Solo deseo...

La mano dejó que los dedos empezaran a ascender por una piel anhelante de caricias. Las yemas apenas rozaron mi muslo, apartando tela de la falda al hacerlo. Cada trozo conquistado fue erizándose bajo su contacto, rindiéndose ante el enemigo. Y cada centímetro se mantuvo a la espera, rogando para que no se detuviera el avance.

La mano llegó a la cadera y en un movimiento que me recordaba demasiado a la película de Dirty Dancing en el baile final de los actores, sus dedos subieron hasta rozar el pecho, desviándose hacia la clavícula y perdiéndose en los placeres del cuello.

Toda su mano abierta amoldándose a la curvatura, haciéndola suya.

En ese momento cerré los ojos.

Y, justo en ese instante, su boca tomó posesión de mi boca en un beso tan obsceno que jamás había podido olvidarlo. Y mientras su lengua pugnó con la mía por la titularidad del espacio y los labios no perdían tiempo en las mariconadas de las caricias, su mano fue cerrándose cada vez más sobre el cuello, imponiendo su voluntad, haciéndome suya.

Creo que desde ese momento soy un poco sumisa.

Fue lo más excitante que había hecho en la vida en temas sexuales. El resto, por más placentero que hubiera sido, no había podido calentarme tanto.

Por ello, cuando escuché a la novia infiel decirme que disfrutaba únicamente de las relaciones sexuales cuando le ponía los cuernos a su pareja, mi mundo había quedado patas arriba.

Cualquier hombre ahora me parecía lo más deseable del mundo y me encontraba muchos al cabo de las horas en el trabajo. Desde aquel día vivía intranquila, viendo entrar a los respetables padres de familia de mi vecindario en mi establecimiento a comprar pan y yo deseando llevarlos a rastras a la parte de atrás, donde mezclaba bien de mañana las proporciones justas de ingredientes para conseguir la primera hornada antes de clarear el día. Mi marido, a aquella hora, aún no habría abandonado nuestra cama, donde habíamos dormido abrazados, él soñando conmigo y yo soñando con otros.

Deseaba follarme a cualquier hombre que entrara por la puerta. Me daba igual si se lo levantaba a alguna esposa abnegada o si estaba soltero y vivía de ir follando de cama en cama en cuanto se ponía el sol. Los miraba, veía sus manos alargarse para coger el cartucho de pan calentito que yo les tendía e imaginaba esas manos aferradas a mi cuello mientras me ponía de rodillas y el caballero, hasta ese momento muy correcto, empezaba a llamarme puta por estar loca por meterme su enorme polla en la boca.

Y recorrerla con la lengua una y otra vez…

Sin descanso. Hasta que se me corriera en la cara. Y sintiera resbalar su leche por mis labios y goteara manchando el suelo.

— Entonces, ¿vamos a hablar de ti o de ella?

Volví a cerrar los ojos. Inspiré otra vez varias veces seguidas y sentí el calor subiéndome de la entrepierna hasta el rostro. Deseaba hablar de aquella mujer que había pedido dos cafés a un camarero la mar de apuesto para tenerme atada a una silla que no me permitía coger una postura cómoda para escucharla. Cuando vino el camarero ni le presté atención. Pero eso fue antes de ver la infidelidad con los ojos con los que la veía ella.

Cuando le pedimos la cuenta estaba loca por follármelo encima de la barra, junto al surtidor de cervezas.

Y ella lo sabía.

Me habría acercado a él y le habría dicho que la propina había que ganársela. Ciertamente era una frase bastante mala, pero justo en aquel momento estaba descubriendo lo que me había excitado siempre y que no me había atrevido a confesarme a mí misma. El hecho de que de pronto me diera cuenta de que me atraía enormemente la idea de serle infiel a alguien me hacía sentir sucia, mala persona, perversa...

Y precisamente en esas cosas estuve pensando mientras me comía con la vista al camarero, imaginándome yendo hacia él, levantándome la falda y ofreciéndole mi culo sin estrenar. Fantasías muy sucias como serle infiel a mi marido. Y cosas prohibidas como dejarme sodomizar por un desconocido, ya que nunca antes se habían atrevido a ponerme un dedo en ese orificio... y menos la polla.

Pues estuve muy tentada de separarme las nalgas para él y pedirle que hiciera los honores.

Mientras la adúltera seguía contándome sus andanzas, yo me dejé llevar y en mi mente, el camarero me introdujo un dedo ensalivado justo antes de sacarse la verga por la bragueta, apuntar a mi agujero y presionar con ella aún aferrada con la mano. Gimió y grité al tiempo, pero no frenó en su intrusión hasta que la enorme polla me hubo dejado el culo completamente abierto, dolorido y estrenado por fin. Aún dolía cuando me aferró por las caderas, se retiró hasta sacarla entera, dejando el capullo apenas apoyado en la entrada. Y siguió doliendo con el siguiente empujón potente y rudo, con el que desplazó mi cuerpo y mi moralidad, dejando sus huevos estrujados contra la piel de mis nalgas. Cada empellón que me dio para llegarme hasta el fondo después, retirándose hasta hacerme sentir vacía para luego arremeter sus estocadas nuevamente, me hicieron perder el poco pudor que me quedaba. El chocar de su cuerpo con el mío regalándome ese sonido tan propio de películas porno que en mi vida había escuchado en la cama con mi marido y sus gemidos, al tiempo, me tenían absorta. El dolor de sentirme el culo perforado atenuaba la sensación de culpa por estar dejándome follar por un hombre que no era mi amante esposo. Y lo hacía aún más excitante, ya que no era solamente el hecho de ser infiel, sino entregando esa parte de mi sexualidad que jamás había pensado que llegaría a explorar.

Sexo anal regalado a un hombre que tal vez no se lo merecía y que siempre le había negado al que dormía en mi cama.

Mi primera infidelidad y la primera vez que me dejaba follar el culo. Y lo cierto era que, en mi mente, me estaban gustando ambos.

Aunque ambos dolieran…

La infiel seguía hablando y yo entre sorbitos de café me sentía empotrar contra la barra del bar, con las manos aferrando la superficie de madera para no caer al suelo mientras el camarero me seguía follando la retaguardia. Entrando y saliendo sin descanso. Dilatándome tanto que cuando al fin se clavó y dio paso a su enorme corrida, llenándome entera de leche espesa y caliente, hacía tiempo que no me molestaban sus embestidas.

Mi primera infidelidad real… aunque fuera una fantasía.

Ser infiel. Ese concepto tan horrible que hacía que cada vez que pensábamos en que nuestra pareja nos pusiera los cuernos nos temblaban las piernas y nos llenaba la cabeza de inseguridades y angustias.

Y nos inundaba de morbo pensar en ser nosotros los infieles.

Nunca me imaginé descubriendo que mi marido tenía una amante. Pero era verdad que al pensar de joven que algún novio podía estar siéndome infiel me hacía sentir sumamente pequeña. Y no me gustaba esa sensación. Con tener que mirar a las personas alzando la cabeza por mi corta estatura ya tenía bastante. La angustia de vigilar a alguien porque temes que esté follándose a otra, temiendo descubrir que es verdad, pero deseando hacerlo también para terminar con toda aquella vorágine que se metía en la cabeza y que no la abandonaba ni un instante no me era desconocida. De joven había ido detrás de mis novios al salir de clase, esperando encontrar algo que me abriera los ojos o me dejara tranquila.

Pero eso no me había pasado con mi esposo.

Y dudaba mucho que él se imaginara tumbado en su cama a las cinco de la mañana que yo estaba fantaseando con abrir la puerta, subir la reja y pedirle al repartidor de los periódicos que llegaba a las seis de la mañana que entrara a llenarme la boca de carne palpitante y dura. Y todas las mañanas luchaba con la idea de rozarle la braqueta al coger el mazo de papeles que me tendía para que se tomara la libertad de subirme la falda, me empotrara contra el mostrador de los dulces y me hiciera jadear con cada arremetida de su verga, con las manos marcando mis nalgas redondas y los pantalones en los tobillos dejándole pocos movimientos posibles.

Los justos que yo necesitaba, en verdad.

Adelante y atrás, adelante y atrás.

Sin pausa, follándome duro, con el morbo del que no se esperaba compartir sudores y chocar de cuerpos a horas tan intempestivas, ni con la mujer que cada mañana te invitaba a un pastelito de nata por el favor de colocar los fardos de periódicos en su sitio en vez de dejarlos en la puerta.

Sí, la infidelidad. Bendito tesoro para quien la practica, maldita condena para quien la sufre.

El repartidor de los periódicos tal vez no pensara en aquel momento que le estaba siendo infiel a alguien o que contribuía a que yo, la panadera, me regodeara en el hecho de serlo, aquella misma mañana con él, más tarde con el que me traía el café y durante la mañana con los cientos de clientes que veían buscando pan y a los que yo quería entregar mucho más que harina.

Ninguno pensaba en lo que hacía en ese momento... salvo los que lo planeábamos buscando precisamente el hecho de sentirnos malas y odiosas, temerosas de ser descubiertas y a la vez deseosas de ser espiadas por el oficial, con la verga en la mano, machacándosela sin saber muy bien qué era lo que de aquellas rocambolescas historias conseguía ponerle tiesa la polla.

Sí... que llegara el lechero y lo recibiera sólo con el minúsculo delantal, con el cuerpo cubierto de harina y sin bragas que taparan las redondeces de mis nalgas. Mojarme la palma de la mano en leche, y ponerla sobre la piel, para que viera como se perdía la harina en el contorno de los dedos y los chorretones del líquido blanco muslo abajo, buscando el tobillo y el zapato de tacón de aguja. Confesarle al lechero donde necesitaba que me dejara la leche...

O pedirle una muestra antes de pagarle, por si resultaba que no me gustaba su sabor al resbalarme por la lengua, antes de tragarla...

Aquella mujer, malvada novia, me dijo que no le daba morbo follarse a los hombres sin tener pareja. Ella, cada vez que la dejaba un novio, corría a emparejarse nuevamente para sentirse infiel follándose a todo el que se le antojaba. Necesitaba ese anillo en el dedo para poder disfrutar de la sensación de traición que le hacía brillar los ojos cada vez que aferraba una verga en la mano para guiarla entre sus piernas abiertas. Y cada vez que el novio de turno descubría que se pasaba la noche gozando de tantas vergas como podía, la ponía de puta para arriba y la mandaba al carajo.

Y ella, sin perder la compostura, aquella misma noche se vestía con su disfraz de novia formal para volver a salir de caza.

No podía estar sin novio...

No le excitaba follar sin tener que rezar por las mañanas para que alguien le perdonara sus pecados.

El placer lo encontraba, simplemente, en la traición impuesta en forma de una enorme polla perforando un coño mientras ambos sabían que estaba mal visto. El morbo aparecía cuando en la cama esperaba otra persona que se preguntaba qué estaría haciendo la pareja... y si lo estaba haciendo sola. Saberse mala, sentirse una puta, hacer daño a posta.

Había morbos con muy mala leche.

Ya me podía haber tocado a mí un fetichismo de los normalitos, como que me gustara que me follaran atada a una cama, ofrecida a los deseos del dueño de las cuerdas. O los deseos de dos... o de tres...

Volví a coger aire.

¿Estaba preparada para hablar de mí?

¿Saldría de mi boca un razonamiento claro de mi problema, de mi necesidad, de mi excitación? ¿O simplemente discurrirían las palabras sin orden ni concierto poniéndome en la frente una etiqueta marcada a fuego que dijera que era una hija de la gran puta? Miré a mi psiquiatra, que me observaba desde el otro lado de su ancha mesa. Perfectamente serviría para tumbarse en ella y desordenar los papeles e historiales de pacientes, en compañía de otro cuerpo restregándose contra el mío.

Menos mal que la psiquiatra era mujer...

Me levanté del asiento. Por más que respiré hondo no encontré la paz para empezar a vocalizar lo que necesita exteriorizar. Aún no estaba preparada para asumir que tenía un problema.

O pudiera ser que el problema no lo tuviera aún. Si no le había separado las piernas a nadie más que a mí marido no estaba haciendo daño a nadie, aunque me excitara solamente pensando que me estaba follando a otro en nuestra cama y que él venía de camino del trabajo y entraría en cualquier momento por la puerta. Me encontraría con las piernas colocadas sobre los hombros del amante de turno y su polla llegándome a lo más profundo de las entrañas. Acoplado a mí, enterrado en mis carnes y yo atrapada sin remedio por el morbo y el deseo... y su cuerpo y el colchón sudado de nuestra cama. Podría ser que en el rostro aún estuvieran los restos de su primera corrida...

Sí, probablemente no tenía aún un problema, puesto que no le había sido infiel a mi marido.

De lo que no estaba segura era de si conseguiría seguir siendo una mujer decente después de pasar otra vez a la salita de espera para pedir nueva cita con la secretaria y ver el modo en el que me miraba el macho que, cruzado de piernas y con una revista de coches en las manos, esperaba su turno para ser atendido por la doctora.

Mal aprovechamiento de aquella enorme mesa de despacho que podría haber sido testigo de la primera mamada a un completo desconocido, en presencia de la doctora, para que entendiera de primera mano mis fantasías...

Y con la imagen de mi devoto esposo entrando por la puerta, viniendo a buscarme para que no tuviera que volver a casa en el autobús con malas compañías.

El Lunar De Mis Besos

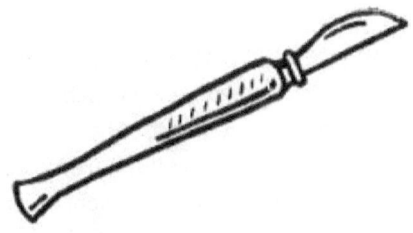

Recuerdo aún cuando en el colegio se reían de un lunar que tengo justo en el inicio de la mandíbula inferior donde apenas faltan unos milímetros para llegar al lóbulo de la oreja. Era un lunar pequeñito, pero ninguna de mis amigas tenía uno a la vista, ni escondido tampoco y les llamaba la atención que a mí, de pronto, me hubiera aparecido uno.

Mi madre, tras escucharme sollozar por las burlas de mis compañeras de colegio, observó con detenimiento el lunar en cuestión.

— Es especial. Alguien ha deseado ponerlo ahí —me susurró, pasándome un mechón de pelo por detrás de la oreja—. Debes llevarlo a la vista, porque gracias a él esa persona va a reconocerte.

Lo llamó *"el lunar de tus besos"*.

Empecé a lucirlo con orgullo, ese y los otros que se fueron instalando en mi cuerpo. Uno en el inicio de una nalga al llegar la pubertad y al cumplir la adolescencia otro cerca del pezón derecho. Empecé a llevar blusas transparentes para que el hombre que lo hubiera deseado en mi cuerpo pudiera reconocerlo, porque soñaba con el momento en el que llegara a pedirme permiso para besarlo.

O que lo besara... sin pedir permiso.

El de la nalga era más difícil de mostrar, por lo que en la playa me ponía siempre biquinis escasos de tela y, posteriormente, me empeñé en ir a playas nudistas para que se pudieran contar sin reservas mis lunares.

— ¿Cómo reconoceré al hombre que quiso poner los lunares en mi piel, mamá? —le pregunté, una noche, tras arroparme ella en la cama, al cumplir los quince años.
— ¿Y para qué quieres reconocerlo? —contestó, con una dulce sonrisa dibujada en los labios. Esa sonrisa que tanto echaba de menos ahora, que seguía acudiendo desnuda a la playa cuando hacía más de tres años que se la había llevado un accidente de coche.
— Para decirle que los mire. Para decirle que soy yo.

Ella me besaba todas las noches, pero nunca lo hacía sobre ese lunar cerca de mi oreja. Decía que debía reservarlo para el hombre que fuera a reclamarlo. No era un lunar para los besos de una madre.

— Él sabe que está ahí. Sólo has de cruzarte en su camino.

Llevaba siempre el pelo recogido en una cola de caballo, y me ponía pendientes pequeños para que ninguno pudiera ocultarlo. Me negué los jerséis de cuello alto y casi todas las bufandas. Enfermé más de diez veces por lucir mi lunar en una noche fría tras pensar que aquel hombre que me miraba lo hacía porque se había percatado de la presencia de mi lunar de los besos...

Esperé...

Pero mi madre murió y tardé un año en volver a mostrarlos. Se convirtieron en los lunares que nadie buscaba, en los lunares que había fantaseado entregar a alguien. El sexo que encontré en los hombres no era el que necesitaba, centrado en la atención de mi piel, de mi mente, de mis fetiches y fantasías.

El sexo era simplemente sexo...

Me follaban y yo me dejaba sin ganas. Sus pollas tenían, de vez en cuando, algún lunar que yo iba a adorar, bajo la mirada extrañada de los dueños. No entendían que para mí el hecho de encontrar un lunar en un punto deseado hacía que sintiera unas enormes ganas de besarlo...

Lunares cerca de la boca. Lunares en la nuca. Lunares en la planta de los pies y en el dorso de las manos...

Llegué a ir al psiquiatra para hablarle de mi obsesión con los lunares. Llegué a ir al dermatólogo para enseñarle los puntos tan raros en los que alguien había decidido que se oscureciera mi piel, y en los que nadie reparaba. Iba al médico para que me los contara, por si aparecían más en la espalda y no lograba verlos. Iba a darme masajes para que se calmara el dolor que me producía que nadie quisiera besarlos...

— Es normal tener un lunar en la cara —me decía mi médico, que guardaba fotos y medía sus tamaños por la ansiedad que me producía que siguieran apareciendo cada pocos meses otro—. Pero los seguiremos vigilando. No te preocupes, que ninguno tiene pinta de extraño.

Por extraño yo entendía cáncer de piel, aunque él no quisiera decirlo abiertamente. No podía creer que mi madre se hubiera equivocado al decirme que el que los había puesto allí sería el hombre que los adoraría toda la vida y que, en vez de eso, fuera alguien que deseara que yo enfermara gravemente y que mi vida corriera peligro por ello.

Me saqué fotos de estudio resaltando mis lunares. Hice un plano de mi cuerpo con las sendas que marcaban cada uno de ellos, recorriendo mis miembros. Estudié medicina para entender más sobre la piel y empecé a escribir un pequeño diario donde confesaba lo que sentía cuando los tocaba en la intimidad de mi alcoba.

Hice todo lo que pensé que había que hacer cuando un lunar era tan importante como el lunar de mis besos...

Me casé.

Me divorcié...

Y al final me dediqué a organizar las fiestas de los demás, porque yo, con treinta y seis años, no tenía nada que celebrar.

— Ese lunar está pidiendo que lo bese...

Nadie me había susurrado esa frase hasta que lo conocí aquella noche de verano. No pude verle el rostro porque estaba situado a mi espalda, pero su voz me dejó enganchada a sus palabras e hizo que me temblaran las piernas. Gemí con el calor de su aliento en mi cuello y sé que pudo escucharlo.

Gemí para él antes de verle los ojos.

— Hazlo...

El beso fue húmedo y cálido, morboso y pasional como nunca pude imaginar que iba a ser ese beso. Lo escuché y sentí, a la vez, mientras sus manos tomaban mis hombros y seguían el ascenso hasta mi cuello. Era alto, sus manos eran fuertes y seguras y sus labios gruesos y firmes. Continuó besando sin reparo maldito, con la licencia que yo le había dado y la picardía de quien decide que quiere seguir ganando más piel para seguir besando. Su boca dejó un sendero sobre el cuerpo rendido a sus deseos y, cuando quise darme cuenta, la cremallera del vestido había cedido unos centímetros. Cuando me quise dar cuenta ya no estaba en el centro de la pista de baile de la discoteca de turno, sino en un lateral, apartada, con la cabeza contra el frío muro de cemento y su cuerpo pegado a mi espalda, pidiendo permiso sin hacerlo para seguir buscando los lunares que yo estaba loca por entregarle.

Cuando me quise dar cuenta ya estábamos en su coche, con las luces apagadas y sólo una pequeña bombilla iluminando nuestros rostros.

Fue entonces cuando comió de mis labios, y los devoró como si en ellos hubiera encontrado miles de lunares dispuestos a ser besados. Tenía los ojos profundos e intensos, con una mirada ardiente que me prometía el cielo si le dejaba llevarme.

Y quise que contara cada uno de mis pequeños lunares, dichosa de haber encontrado a alguien que, por fin, quería seguir el sendero que ellos marcaban desde el empeine del pie izquierdo hasta el lóbulo de la oreja derecha, donde siempre dejaba a la vista el lunar de mis besos...

Inspirar

¿Cómo se emerge cuando ya te creías asfixiada?

Algunos dirían que lentamente… En buceo es obligatoria una parada de seguridad. No debes escaparte de la sensación de estar completamente rodeada de agua para mirar hacia arriba y cambiar el azul oceánico por el azul del cielo abierto. Has de hacerlo… despacio.

No soy de las que hacen las cosas despacio.

No entiendo cómo puede gustarme, entonces, bucear…

He respirado hondo, muy profundamente. ¿Sabes lo que se siente? Libertad, plenitud, éxtasis.

Pero yo no respiro como la mayoría de las personas. O mejor dicho, yo no respiro por lo que lo hacen otros. Llenarse de oxígeno sirve para sobrevivir. Pero eso a veces no es suficiente.

Respirar tan profundamente es equiparable a la sensación que te deja un buen polvo, cuando sientes la garganta seca de tanto gemir. Ese orgasmo liberador que me encanta disfrutar con tu polla en la boca, tiene para el común de los mortales un efecto balsámico… aunque después me duelan las extremidades si me has tenido un buen rato atada en algún lugar de la casa.

Los hombres dirían que respirar hondo es la polla. Y yo, que soy muy vulgar cuando quiero y muy fina para algunas cosas... opino lo mismo. Me hacía falta respirar... igual que me hace falta ahora tu verga en la boca. ¿El motivo? ¿Hace falta un motivo para querer hacer que te corras sobre mi lengua? Los dos sabemos que no...

Pero si me preguntas por lo de respirar hondo... bueno. Eso ya tiene un poco más de miga.

Si llego a empezar este relato cuando dije que lo iba a empezar, probablemente la historia habría sido un poco distinta. Ir a la psiquiatra pone nerviosa a cualquiera y más cuando no sabes si va a ser en esa sesión o en otra cualquiera cuando rompas a llorar diciéndole todo lo que te ronda por la cabeza. Entre relatar lo que pensaba decirle a ella y relatar lo que realmente le conté al final hay un abismo y en él me he hundido.

Sí, me pone nerviosa la psiquiatra y muy triste. La mayoría de las veces lloro. Pero aquí no suelo relatar mis lágrimas de tristeza. Apartemos las cosas tristes y pensemos en llorar como una quinceañera, de pura vergüenza. ¿Tengo vergüenza? Bueno... tengo, de vez en cuando, mis debilidades...

No me dio vergüenza comentarle a la profesional que el masturbarme antes de dormir me estaba sentando mucho mejor que cualquier pastilla que pudiera recetarme. Es lo que tiene tener un cajón lleno de juguetes eróticos, una cama muy grande y fría y una mente tan calenturienta. ¿Pero cómo le explicas, sin agachar la cabeza, que para correrme he de pedir permiso?

Una psiquiatra tiene que haber escuchado de todo, por supuesto. Pero oírme reconocer ciertas cosas... pues cuesta un poquito. Ser sumisa, al fin y al cabo, es una elección que no todo el mundo comparte... o muy pocos lo hacen, para ser más exactos. Nunca me ha avergonzado hablar de sexo. Me resulta francamente divertido ver enrojecer a la mayoría de las personas con las que hablo, notando que tienen ganas de desviar el tema hacia lo frío que está siendo el invierno.

¿Por qué con la psiquiatra es diferente? ¿Por qué me impone?

Precisamente… porque soy sumisa.

Y ella es Ama.

Una mujer fuerte que se sienta al otro lado de una mesa, que no me deja leer las anotaciones que hace en los papeles de mi historia clínica y se dedica a observarme desde detrás de la montura rosada de sus gafas de pasta. Me hace hablar… y yo hablo. Hablo de todo, de lo que quiere escuchar y de lo que no. De lo que tal vez le interesa y de lo que le aburre enormemente. Pero allí se queda, dura e impasible. Y yo me siento pequeñita al otro lado, mirando por el gran ventanal la llegada de los barcos a puerto. Miro el mar… y me siento asfixiada. Toneladas de agua sobre mi cabeza.

Hasta que un día decides… respirar.

Ya no me importa una mierda si opina que mis decisiones tienen que ser mías. Lo de hacerme ver que puedo escapar, que he de ser dueña de mi vida, de mi pasado y de mi futuro ya no me agobia. Me vi tratando de entender por qué quería ella ofrecerme el mundo, algo tan grande que no podía abarcar con las manos. Cuando yo lo que deseaba era mi pequeña parcelita de paz y sosiego… y mucho sexo.

¿Quiero paz?

No exactamente…

Soy inconformista, indisciplinada, rebelde y arrebatadoramente traviesa. ¿Eso es bueno? No… porque soy una exagerada. Para eso te tengo a ti, que me haces entrar en razón cuando lo hormonal manda en mi cuerpo. Pero vuelvo a escaparme del caminito…

… Porque me gusta la palma de tu mano.

No estuvo mal pensar en ser la dueña del propio destino de una. ¿Hacer lo que yo quisiera? Vale, pero lo que yo quiero no es viable. ¿Siguientes opciones? Probar…

Y eso hice. Dejé de ser sumisa y fui mujer. E hice lo que me dio la gana. Y como no tengo dueño y, como diría mi madre, ni perro que me ladre, lo de lanzarme a la aventura fue liberador.

Aspiré una gran bocanada de aire. Y elegí entre las opciones que tenía, y sobre las que podía tener control. Por lo tanto, dejé de ser sumisa para poder ser una mujer que elige cuando quiere tener un puñetero orgasmo. Tengo un par de ex amantes y algunos tíos con la polla tiesa esperando una oportunidad, que opinarían que es la mejor decisión que he tomado en mi vida. Al fin y al cabo... ¿qué le puede reportar a una mujer madura ser sumisa?

Elegí provocarte, desobedecerte, desafiarte. Elegí no agachar la cabeza cuando me arqueabas una ceja, porque el juego ha de ser divertido para los dos y no sólo para uno. Elegí provocar a otros tíos para ver únicamente la cara que se te quedaba, sin saber si serían celos o si se te estaba poniendo juguetona pensando en la posibilidad de un trío.

Creo que esto tampoco lo iba a aprobar mi psiquiatra...

Aspiré hondo y le dije a la mujer que se supone que tiene cierto poder sobre mí que era sumisa. Le dije que me gustaba que me usaras, que tuvieras potestad para decidir sobre aspectos importantes de mi vida, como la forma de vestir o si cenaba aquella noche o no lo hacía. Lo menos trascendental, como el sexo en sí, pasé de comentárselo. Al fin y al cabo, que me guste que me aferres los cabellos con rudeza para tumbarme en la cama, te coloques a horcajadas sobre mi cabeza y me des un par de bofetones para obligarme a abrirte la boca no tiene demasiada importancia. Que me excite que empotres la polla en el cielo de la boca, dejándome sin aire durante largos segundos, para luego bombear con contundencia mientras yo gimo es algo que seguramente comparto con muchas mujeres. Y el deseo... desear como una loca empezar a masturbarme, escucharte ordenármelo mientras tus jadeos llenan mi cabeza y tus palabras alaban las proezas de mi lengua experta, regalándome los oídos...

Soy sumisa porque quiero. Porque en cada puñetero minuto de mi vida soy la mujer más independiente y capaz que conozco. Porque he sobrevivido a cosas horribles y lo sigo haciendo. Porque siempre decido yo sobre todo lo que me concierne en el día a día y eso, a la larga, causa estrés.

Soy sumisa porque es agradable abandonarse a los deseos de otra persona en la que confías... Porque eso denota una autoestima alta y no como creen otros, que piensan que me quiero poco. Para hacer lo que yo hago he de estar muy segura de mí misma. Y para hacer lo que tú quieres, he de confiar ciegamente en ti...

¿Quién no querría poder decir lo mismo, al menos una vez en su puñetera vida?

Soy sumisa y hay muchos motivos para ello.

Porque puedo respirar sin miedo a equivocarme. Mis pulmones se llenan de un aire que no tiene una carga de consecuencias, solo vicio y libertad tras las ataduras de tus manos aferrándome el cuello mientras te la chupo como si me fuera la vida en ello. Tu leche derramada en lo más profundo de la boca... Eso me da la libertad que tanto ansío. Cuando me cortas el aire con tus manos... respiro.

Porque no importa nada más.

Respiré y me atraganté cuando dejé de ser sumisa. Cuando decidí por mí misma que ya estaba bien de esperar resultados que nunca llegarían, cuando empecé a verme con otros hombres, con mis antiguos amantes, con gente que no conocía absolutamente de nada.

Respiré porque mi psiquiatra quería que lo hiciera, pero el aire estaba viciado con tu aroma, ese que no podía sacarme de debajo de la piel, aunque quisiera arrancármela a tiras. Follar en el coche de uno de mis amigos no fue tan divertido, ni siquiera pensando en la posibilidad de grabarlo para luego mostrarte el vídeo. Levantarle el novio a un par de conocidas no fue tan gratificante, sobre todo porque tú no estabas allí para dar el beneplácito de mis actos mientras subía y bajaba por aquellas vergas tiesas que se estrellaban contra el fondo de mi coño, dilatándome.

Respiré… pero no me sirvió de nada.

Sólo respiro cuando tu mano está posada sobre mi vulva abierta y mojada, y no sé si lo siguiente que sentiré será una caricia o una fuerte palmada. Si gemiré de placer o de dolor, si moriré de gusto bajo la presión de tu mano o me perderé en los interminables minutos que pasan mientras tus dedos deciden si me van a follar con fuerza, como lo haría tu polla si tuvieras ganas…

No puedo respirar si no soy sumisa.

Me asfixié porque una especialista quería que tomara las riendas de mi vida.

Y mi vida no tiene más sentido eligiendo degustar vino con otra persona, yendo despacio, compartiendo atardeceres de la mano o recolectando naranjas en el campo. Que otros hombres puedan hacerme la vida más fácil es muy relativo. Probablemente lo único que hicieran, al final, es llevarme al hastío. Que pueda decidir no esperar, sino actuar… ¿acaso es mejor? Hay veces que la espera vale la pena.

No me va el sexo vainilla y no estoy ya para jueguecitos, enseñando a un tío cómo se folla a una mujer con mi apetito. Los niños que se queden con las niñas. Yo juego en otra liga.

Yo soy sumisa.

Las opciones no me gustan… porque con lo que realmente me divierto es rebatiendo las que me das. La putada será cuando no tengamos opciones, pero mientras las haya, será divertido. Por eso, cada vez que te desafío me brillan los ojos y a ti se te levanta la polla. Porque los dos pensamos en tu mano marcando mis nalgas.

La psiquiatra se equivoca. Soy dueña de mi vida porque nadie me impone lo que no me agrada. Si no sabes lo que se siente siendo lo que soy no puedes, siquiera, imaginar el regocijo que se obtiene.

Mi psiquiatra es Ama… no sumisa.

Si la palma de tu mano no me tiene caliente… no me gusta la idea de asfixiarme respirando, simplemente, para sobrevivir.

Al final… sí voy a saber por qué me gusta bucear…

Despedidas

Despedida para la compañera que nunca más trabajará con el grupo. En el turno de noche se hacen las cosas de una forma un poquito... extrañas. ¿Quién felicita a una enfermera llenándola de povidona yodada de arriba abajo, mojándola entera con agua fría o tirándole un bote completo de colonia en el cabello horriblemente empapado? Lo peor, que lo hagan lanzándote botellas de laxante...

Es más, ¿quién felicita a alguien cuando se pierde un trabajo?

Supongo que depende del trabajo que pierdas...

El problema viene después, cuando todo el mundo recibe, cuando todo el mundo acaba pasando por la misma tortura... Al final, todos empapados de la cabeza a los pies, con los pelos pegados y las gargantas plenas de tanto reír. Estamos todos para sacarnos una foto y poder recordarla años después, con arrugas en la cara y esos dedos temblorosos que nos llegarán tarde o temprano.

Pero, ahora, ha sido simplemente una noche genial.

Dulce experiencia, también, el ser perseguida por pasillos en semipenumbra, con el uniforme lleno de enjuague bucal con sabor a fresa. No puedo correr como antes, el tobillo me impide una agilidad que ahora echo en falta. Hace un rato he resbalado con algo pringoso en el suelo y he acabado hecha un trapo. Mechones de cabello se me pegan a las mejillas, huelen a una mezcla de colonia barata y laxante dulzón. Varias gotas de ese laxante se han quedado perlando la comisura de mis labios, donde antes el gloss los hacía más jugosos. También me moja el sudor. Llevo media hora corriendo de una residencia a otra, recorriendo las salas y el patio, hasta el punto de quedarme a veces sin respiración, sintiendo mi corazón desbocado golpeándome el pecho mientras me persigues.

También estás empapado. La camiseta se te pega provocativamente al pecho y en una de las ocasiones en las que me diste un respiro en el patio, pude ver cómo se te erizaban los pezones por el aire frío que te rozaba el torso. También sudas, con ese olor almizclado que tan loca vuelve a una mujer... sobre todo cuando la atracción sexual es tan evidente. Llevas también el pantalón manchado de povidona yodada, tus nalgas se tensan bajo la tela blanca manchada de algo más oscuro que podría ser café. Pero por delante...

Por delante se dibuja sutilmente el inicio de una erección.

Entre jadeos, escondida tras un banco, me imagino que con lo apretados que llevas siempre los pantalones debe ser peligroso que la erección se complete, ya que, probablemente, tu polla no tenga sitio para crecer... a no ser, por supuesto, que la tengas más bien pequeña.

Me buscas en la oscuridad y te ríes porque sabes que no vas a tardar mucho en encontrarme. Después de todo, no hay demasiados sitios donde ocultarse en este centro y si encontrara uno sería lo suficientemente bueno como para hacer eso que estás pensando desde hace tanto tiempo.

Lo que llevas tanto deseando.

Pues sí, la erección crece, debe ser que estamos pensando en lo mismo. Y yo siento arder la parte interna de mis muslos, sensación sumamente grata con el frío que azota el patio a las tres de la mañana. Empiezo a temblar, más por la incertidumbre y los nervios que por la temperatura de la madrugada. Hay cosas que sabes inevitables y, probablemente, sea imposible escapar de tus redes esta noche. Estás de caza y yo soy la presa.

Y esta es mi última noche… para ser cazada.

Me descubres al cabo de unos minutos. Te veo acercarte a mí con paso acelerado y, al instante, echas a correr. Estoy muy cansada, pero hago lo propio y emprendo la huida en dirección contraria. Entro nuevamente en el centro y recorro más pasillos.

Los compañeros que han abandonado el juego fuman en el patio, beben café y se ríen de las pintas que hemos acabado llevando. Los restos de la cena común quedan en un par de mesas unidas, con una sábana con el logotipo de la empresa a modo de mantel. Tantos recuerdos que me llevaré de este edificio y de las personas con las que he compartido tantas horas a lo largo de los años…

Y pensando en esto casi ruedo por las escaleras al bajar al sótano. Me doy cuenta de que he cometido un enorme error cuando entro en las salas. Todo está a oscuras y sólo se escuchan mis pisadas, mis jadeos y los crujidos de las puertas al abrir y cerrarse. Salgo al patio y te veo pisándome los talones. Y, bueno, casi ni me da tiempo de volver a entrar, ya que me derribas contra el muro y rodamos los dos por el suelo. Afortunadamente, el golpe ha sido más blando para mí que para ti y logro levantarme antes. Me escabullo con dificultad arrastrándome por el forro verde imitación césped, mientras intentas agarrarme la pernera mojada. Y te ríes mientras pataleo para soltarme.

— Si sabes que puedo contigo —me dices entre resoplidos por el esfuerzo—. Y sabes que no quieres evitarme.
— Eso es lo que tú quieres creer —te respondo—. No me suele gustar acabar empapada de esta forma en el trabajo.
— Sí que te gusta —terminas diciendo, mientras consigues aferrarme fuertemente para que no me escape de tu lado.

A mi mente acuden imágenes de las partes que desearía tener mojadas y las partes con las que me gustaría que me mojaras. Creo que la sonrisa que se dibuja en mi rostro no me ayuda a ponerme en posición de negarte nada.

— Y, además, estás muy dulce así.

Y es cierto, porque me siento completamente pegajosa por el laxante.

— Si me pruebas te entrará cagalera, te lo prometo —por más que lucho no consigo que me sueltes y la pataleta me tiene agotada. Dejo de forcejear y en un momento te tengo encima, sujetándome las manos contra el suelo y mirándome con una sonrisa de plena satisfacción transformando tu cara.

— Ya te he dicho que no puedes conmigo —me comentas, mientras tu erección sí se hace patente contra mis muslos ahora. Estás deseando follarme y lo más excitante de todo es que no sé si me lo vas a pedir o lo vas a tomar a la fuerza.

Me sueltas, quedando a horcajadas sobre mis caderas, mientras pasas la camiseta por encima de la cabeza para quitártela. Tu piel está fría y mojada y tiemblas al sentir el viento rozarte los pezones. Me miras desde arriba y tu mirada resbala pícaramente hacia mis pechos, cubiertos todavía por la tela empapada en enjuague bucal. Pasas los dedos por los botones del uniforme, descuidadamente, y los desvías para rozarme un pecho. Y luego, agarrando con fuerza los dos extremos de la casaca tiras salvajemente de ellos hasta hacerlos saltar, dejando mi torso desnudo al descubierto.

Lástima de botones. Menos mal que era el último día de uso.

— Siempre me ha encantado que no llevaras sujetador —comentas, sabiéndote en ventaja por posición y fuerza.

Me río suavemente, apartando la cara para dejar de mirar tus ojos llenos de deseo clavados en los míos.

— Ahora habrá que ver si llevo bragas, ¿no?

Ahora eres tú el que sonríe.

Me miras desde la altura que te confiere tu torso, y me colocas las manos bien sujetas bajo tus rodillas. Es extraño que siempre haya sido capaz de defenderme de todos tus ataques y ahora que me tienes en una posición tan delicada, me debato entre la idea de golpearte en la cabeza con las piernas desde atrás o morderte la polla para salir huyendo. ¿Cuál será más útil? No creía ser capaz de llegar cómodamente hasta tu entrepierna, ya que queda a unos buenos treinta centímetros de mi boca y no sé si lo de lanzarme a la desesperada con las patadas lograría un buen golpe que te dejara fuera de combate durante un rato. Y mientras tengo esa horrible indecisión, tú me has tomado la delantera y has desatado el lazo de tus pantalones, liberando tu virilidad enhiesta a escasos centímetros de mi mejilla. Su olor me devuelve a la realidad, me penetra con rotundidad como si lo estuviera haciendo físicamente en esos momentos.

— Ahora me la vas a comer como si hiciera años que no pruebas una. Te la vas a meter tan dentro en la boca que me voy a correr de tres embestidas.

— ¿Estás loco? —miro a izquierda y derecha, buscando sombras escondidas que puedan ayudarme… o descubrirnos—. ¿Has olvidado que estamos trabajando? ¡Se va a enterar todo el mundo, por el amor de Dios!

Intento zafarme, pero sólo consigo que resbales aún más cerca de mi boca. Tu glande me roza la piel. Está caliente y húmedo y parece latir todo él como si sólo corriera sangre sin control en su interior. Lo agarras con la mano derecha y mueves el prepucio hacia delante y atrás un par de veces.

— Nadie va a bajar aquí y menos las miedosas que hay en la residencia.

Me acercas la polla a la mejilla nuevamente y me acaricias con ella hasta el inicio del cuello, calentando esa parte de piel que vas dejando atrás.

— Pero nos pueden ver desde arriba. Se nos tiene que escuchar sin problemas.

Me miras con cierto recelo ladeando la cabeza y en tu comisura se dibuja una media sonrisa que me estremece por lo que conlleva implícita. Me golpeas la mejilla nuevamente con el glande, muy cerca de la boca y observas la mirada de perplejidad que te lanzo desde debajo de tu polla. Tengo la boca entreabierta. Respiro con dificultad ya que me comprimes la caja torácica con casi todo tu peso. Y observas mi lengua. Húmeda, cálida y suave la intuyes y te reprimes en el último momento de metérmela con rudeza y forzar más la situación, impedirme aún más la respiración presionando mi paladar con tu miembro pulsante y viril. Con la mano izquierda me sujetas fuertemente el pelo, recolocas mi cuello a tu antojo y te imaginas girándome y penetrándome allí mismo, sin soltar mis cabellos, dominando con una mano posesiva mi nalga mientras entras en mí con absoluta necesidad.

Hundirte y perderte en mí...

— De acuerdo —me concedes, levantándote con un movimiento rápido y arrastrándome a mí contigo—. Ahí dentro no nos encontrarán.

Y señalas el interior de una sala oscura y fría, donde las colchonetas de los usuarios te invitan a poseerme de forma más íntima y cómoda. Mis pechos están aplastados contra tu torso desnudo y sudoroso y tu polla me presiona fuertemente el vientre con sus cálidos latidos. No me has soltado los cabellos, por lo que aprovechas para acercar mi boca a la tuya y respirar el mismo aliento que yo exhalo.

Y me besas.

Brusco, apasionado, completamente enfebrecido por el contacto íntimo y por lo que está a punto de suceder. Saboreas mis labios, me robas la lengua y la envuelves con la tuya, se entrechocan los dientes y me mordisqueas sin tregua. Un beso largo y posesivo, hasta que tengo que sujetarme a ti para no perder el equilibrio y rodar nuevamente por el suelo.

— Esto no te hace falta —me dices, despegando tus labios con dificultad. Y tiras de la cinta de mi pantalón dejando la zona púbica al aire en cuestión de segundos—. Después de todo si llevas bragas —comentas, observando los topitos negros sobre fondo blanco del encaje.

Lo divertido es verte trastabillar con los pantalones a la altura de los tobillos, cuando te empujo hacia atrás y andas tan concentrado en otras cosas que no pretendías mantener la verticalidad precisamente. Caes de espaldas sobre una colchoneta y yo corro hacia las escaleras, buscando la algarabía que se escucha en la planta superior. Por el camino, cerca ya de la zona de recepción, encuentro un carrito con sábanas y envuelvo el cuerpo con una de ellas. Te siento corriendo a mi espalda, pero casi he llegado al patio principal y allí no te atreverás a tocarme.

O eso creo...

Mis compañeras se ríen al verme llegar con aquella pinta. Me ofrecen café y un sitio en uno de los bancos. Les digo que necesito una ducha para quitarme el mejunje del pelo y parecer una enfermera respetable.

Pero todas saben que de respetable tengo más bien poco.

La última noche y podía haber acabado mucho mejor de lo que se planteaba. Pero sexo, al fin y al cabo, se puede tener siempre que una quiera o la dejen, y las noches en buena compañía tienen tendencia a terminarse al alba, cuando los usuarios despiertan y todos volvemos a la rutina para dejar el fuerte protegido por el siguiente relevo.

Voy a echar mucho de menos estas noches.

A la salida del turno, cuando el común de los mortales entra a trabajar y, como diría un amigo, nosotros nos despedimos de la lucha contra las fuerzas del mal, tengo otra pinta tras la ducha. Ropa de calle en vez del pijama blanco completamente manchado, que he dejado para lavandería por si alguien quiere utilizarlo cuando esté limpio. El cabello cepillado y recogido en una alta cola de caballo y mis sempiternos tacones de aguja. Mis compañeras me abrazan y se despiden, sabiendo que ahora la lucha contra las fuerzas del mal les toca a ellas. Mi turno ha terminado y toca empezar a vivir de día.

Al fondo del aparcamiento, junto a tu coche, te encuentro. Me miras, receloso y enfadado. No estoy segura de que vayas a perdonarme con facilidad.

Bueno... tal vez sí.

— Sube —te ordeno, con media sonrisa—. Creo que te debo un último café.

Y es que siempre es mejor una cómoda cama, follando a la luz del día para poder vernos bien las caras, en vez de usar una simple colchoneta, que probablemente habría crujido más de la cuenta con cada una de tus embestidas.

Y quería escucharte gemir y no centrarme en otros ruidos.

Que Dios Nos Coja Confesados...

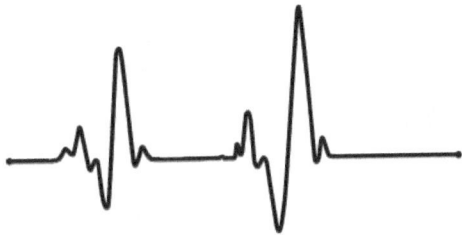

Retazos de una noche de sexo desenfrenado, morboso y no apto para cardíacos se entremezclan entre mis tareas de la mañana... Eso es lo que tenemos tú y yo cada noche, 'Sexo' con mayúsculas. No hablo de meterla, hablo de sentir que esa verga destroza todo resquicio del deseo de mi alma de sentirse normal, la normalidad no aceptada de una mujer que sabe exactamente lo que quiere y no desea bajo ningún concepto esa estandarización.

Que para ser igual a cualquiera de las otras mujeres que trabajan conmigo ya tengo el blanco del uniforme y lo horrible de los zuecos.

No hablo de mamarla; hablo de conseguir que te fundas en mi boca mucho antes de correrte, acoplarme con tal confianza a tus necesidades que no sepas donde empieza mi lengua y donde acaba la piel de tu verga. Hablo de un deseo que consume la epidermis y las entrañas, hablo de una necesidad de sumisión por mi parte a todas y cada una de las imágenes que puedan atormentarte en tus tardes más calientes.

Desear complacer no es lo mismo que complacer sin limitaciones.

Eso tú y yo lo sabemos.

Dejarme atar… eso es un juego de niños. Lo que te entrego es mi cuerpo en total rendición para que cuando quieras mandes, para que cuando lo quiera yo arda la cuida. Pídeme lo que quieras con dulces palabras, como si me estuvieras rogando que te abrace; nada más lejos de lo que tienes en mente, por supuesto, pero tanta naturalidad y seguridad en las peticiones que me haces me dejan sin aliento. Gritar mi plenitud cuando después de un rato con tus palabras has conseguido arrancarle a mi alma tres magníficos orgasmos que me dejan desmadejada y, sin embargo, aún hambrienta de tu sexo salvaje y diferente.

Amarte sabiendo que podría ser la última cosa que haga antes de morir…

Sentir que hay vida antes de la muerte.

Por eso, aún a costa de saber que es una locura, bajo mi falda en mi centro de salud, hoy noto los enganches de un liguero que puede ambientar cualquiera de tus fantasías. Y mis pies se visten con unos zapatos de tacones imposibles, aún a riesgo de dislocarme un tobillo si una urgencia entra por la puerta y hay que correr al cuarto de parada.

Salvar la vida de cualquier persona en mi servicio de urgencias con fetiches de mi amante como salvo yo la tuya todas las noches acudiendo a tu encuentro.

¡Qué Dios nos coja confesados!

Sexo Para Hacer El Trabajo Más Llevadero

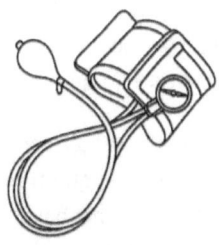

— ¿De verdad piensas desperdiciar esto?

Me quedo muda. Mis ojos no consiguen apartarse de la visión que se les ofrece. Imposible...

De pie, recortada la silueta de mi compañero de trabajo bajo el dintel de la puerta, desde el baño hasta el dormitorio que compartimos en las guardias, vislumbro su cuerpo desnudo. Un cuerpo atlético, blanco por la falta de tiempo para ir a la playa y muy, muy, muy excitado. Su verga, montada hacia la izquierda, casi me apunta señalándome como su elegida. La luz del baño está encendida. La del dormitorio, apagada. Sus brazos se apoyan a los lados de la entrada y se inclina un poco hacia delante. Creo ver una sonrisa en sus labios, un aire socarrón y lascivo que me deja muy caliente. Y sus palabras recorren mi cuerpo como descargas eléctricas.

Él, médico cubano. Yo, enfermera canaria. Puesto de guardia en un centro de salud donde trabajamos esa noche seis personas. Yo soy la única mujer, por lo que al repartirnos las camas, en las habitaciones dobles, me quedo con el compañero con el que tengo más confianza y afinidad.

Craso error…

— ¿Estás loco? —le digo. Estoy sentada en la cama, me había quitado la casaca del uniforme, sudada tras la larga jornada de trabajo y me había quedado con la camiseta interior, de lycra, ajustada a la piel. Brilla y la siento húmeda. Llevo los pies desnudos, y los estaba masajeando con algo de crema en el momento del sobresalto—. Como entre el celador y te vea así me vas a meter en un buen lío…

— Relájate. Tenemos tres horas hasta que volvamos a estar de guardia. ¿De verdad que no quieres probarla?

Y por Dios que si quiero, pero el miedo a ser descubiertos en el trabajo me aterra… y me pone tan cachonda que tiene que verse en mi rostro, ya que avanza sin importarle que no haya asentido y me coloca su polla a escasos centímetros de la cara.

— Está rica, ¿verdad? —me dice. Nunca me acostumbraré a ese acento, a esas expresiones… Y nunca había visto un miembro tan grande. Ese enorme falo completamente duro me tenía absolutamente hipnotizada. Me llegaba su calor a pesar de que no me ha tocado aún.

— Oye, estoy casada… —se lo digo casi gimiendo, mordiéndome el labio inferior al terminar las palabras para no cometer la locura de morder el glande rosado que me está ofreciendo. Me noto completamente empapada, siento latidos tan fuertes en el coño que creo que podrían haber sido perceptibles por el oído experto de mi compañero. *"Si, señorita… diagnóstico: estás completamente cachonda. Y estoy seguro de saber cómo curarte la calentura…"*

— No se va a enterar. No haremos ruido. Sofocaré tus gemidos con la polla en tu boca. No dejaré que te delates…

Al decirlo me acaricia los labios, introduce los dedos en mi boca y juega con mi lengua, mojándolos bien. La presiona hacia abajo, la levanta, la acaricia… Dos dedos, luego tres y luego cuatro dedos.

Es la primera vez que se atreve a tocarme de esa manera.

No debimos estar contándonos nuestras intimidades durante las largas horas de guardia.

— ¿Ves como te cabe? —me dice, sacando los dedos y untando su polla con ellos, empapados en mi saliva, dejándola suave y perfecta para que me entre sin miramientos—. No tengas miedo del tamaño, no dejaré que mueras ahogada.

Me acaricia el pómulo izquierdo con la mano y al derecho le concede el honor de recibir un golpe con su magnífica verga, cuan vara de acero acabado de templar. Una y otra y otra vez... Golpes rápidos, sacudidas que me hacen estremecer. Me tiene agarrada por el cuello un instante antes de presionar su cabeza contra mis labios entreabiertos y siento, sin poder evitarlo, cómo llega hasta el fondo en un movimiento seco y preciso. Toda su enorme polla en mi boca; nunca creí que pudiera albergar tal cantidad de carne en su interior. Carne ardiente, salada, con sabor a sexo prohibido...

Me derrito y me abandono al instante. Le dejo hacer. Dejo que la saque y la vuelva a meter, le dejo que me guíe en sus gustos, a su ritmo, con la presión que quiere porque no me suelta la cabeza, que ahora aferra con ambas manos sujetándome por los cabellos. Aumentando la velocidad, gimiendo como un loco al pie de mi cama, con las nalgas perfectas fuertemente apretadas para empujar con más fuerza. Y me aferro a sus caderas. Agarro su culo y acompaño el movimiento. Restriego mi coño sobre las sábanas de la cama, sabiendo que de un momento a otro voy a dejar hecho una porquería el pantalón del uniforme.

— Así, perrita. Disfruta. Trágatela toda. Seguro que tu marido no te llena la boca como ésta. Sigue. Cómetela. Y córrete.

Y como promete, los gemidos de mi orgasmo los apaga ese enorme trozo de carne y mientras estoy intentando controlar todavía los espasmos de mi corrida, su leche me llena la boca y resbala por mi garganta mientras sus gritos sí resuenan en la habitación de forma completamente escandalosa. Me atraganto, pero entierra su verga aún más durante unos segundos hasta que suelta mi cabeza y cae de rodillas frente a mí, apoyando la cabeza entre mis muslos.

— Hueles a sexo, perrita. Te corriste bien. Te dije que te gustaría.

Historia Del Madrileño Y La Canaria

En unos cuantos días tendremos un aniversario pendiente. Pero nuestra onomástica probablemente difiere mucho del común de los mortales. Nosotros no celebramos ese momento romántico en el que dos personas se conocen o tienen su primera cita, cargada de grandes expectativas de futuro. Nosotros íbamos al encuentro de sexo.

Simple y excitante. ¿Lo recuerdas?

¿Recuerdas el momento en el que te enseñé el plan de vuelo? ¿Se te puso dura… o tal vez pensaste, con terror, *"dónde coño me he metido"*? Dos personas adultas que sabían bien lo que querían… pero que no sabían lo que les deparaba el porvenir.

Y así, tú me fuiste a buscar y yo temí no encontrarte cuando llegara al aeropuerto.

Estaba asustada. No hacía ni quince días que había dado por terminado mi matrimonio y para mí todo era aterrador. La libertad, el libre albedrío y el mundo de posibilidades. Sabía que mi intención no era perder el tiempo y que si todo quedaba en un fin de semana divertido conociendo a alguien interesante… siempre nos quedaría Sabina.

Con Sabina nunca se perdía el tiempo.

Tú acababas de terminar una relación hacía más o menos lo mismo. En aquel entonces no sabía si larga o corta, o si la tía a la que te habías estado follando te habría satisfecho totalmente en la cama. Yo hacía mucho que sólo mantenía relaciones con mi marido por lo que empezar a conocer a otro hombre, de primeras, me llenaba de inseguridades. ¿Te gustaría mi coño mojado, me harías daño al follarme el culo...? Tenía claro que tu debilidad era el sexo oral y, en eso, estaba segura, iba a ganarle al resto de tus antiguas amantes. Si iba con una idea fija en la cabeza era la de chuparte la polla hasta que te corrieras en mi rostro y por muy poco tiempo que hiciera que los dos compartiéramos cama con otras personas, esa primera noche nos tenía que hacer olvidar al resto.

Bueno, tal vez olvidar no. Pero todo era mejorable. Y yo iba a ser mejor...

Aún así... iba asustada.

Temí que no aparecieras. Cada prenda que metí en la maleta era un enorme ladrillo. Cada paso que di en dirección a la terminal fue más duro que el anterior. Estaba aterrada. Iba a conocerte y podías ser perfectamente un psicópata. No por nada no teníamos, lo que se dice, planes normales. Bueno... algunos sí. Pero eran de complemento. Spa, musical, paseo en moto. Cosas que se pueden hacer en Madrid a mediados de marzo, ¿no?

Pues no...

Todo era de relleno.

Si íbamos al spa, era porque deseabas tenerme metida en agua templada, con poca tela entre nuestros sexos húmedos. Querías verme en biquini, por si al final te quedabas con las ganas de que me desnudara frente a ti. Ahora me dirás que lo hiciste para relajarme, pues sabías que la situación me tenía estresada y esperabas que un ratillo bajo los chorros de agua a presión descontracturaran los músculos tensos de mi cuello, a falta de poder tener tú el permiso para darme un masaje. Que justamente cogía el avión tras salir de mi turno en el centro de salud y eso de llevar todo el día corriendo no ayudaba demasiado a que estuviera relajada.

Si íbamos a un musical era para que pudieras meterme la mano por debajo de la falda, donde sabías que no encontrarías unas braguitas oponiendo resistencia, para juguetear con la humedad de mis pliegues y verme retorcer sin posibilidad de dejar escapar un gemido. Nadie va a creer que se te ocurrió la idea de llevarme porque sabías que me volvía loca Sabina y que, aún ando deseando restregar mis nalgas contra tu pelvis expuesta, mientras tarareo el Bla bla bla bla bla... bla bla de *"Llueve Sobre Mojado"*.

Si es que estábamos predestinados...

"Cuando se acuestan la razón y el deseo, llueve sobre mojado". ¿Adivinas quién es la razón?

Porque yo sé quién era en ese momento el deseo...

Si íbamos a montar en moto era para que me abrazara a ti, enroscando mis manos y mis piernas a tu cuerpo, haciéndote sentir mi necesidad y dependencia mientras acelerabas y te tumbabas en las curvas, con mis muslos temblando por la emoción y el morbo. No te vale la excusa de que fue porque te dije mil veces que deseaba sentir algo poderoso entre las piernas y que el caballaje de tu moto tenía, en principio, bastantes posibilidades de complacerme en ese sentido. Que la moto se haya convertido en el mayor de los riesgos para tu vida y que esté deseando heredarla yo no tiene demasiada importancia. Sabes que no me gustan las motos.

Que me paso el día curando heridas y las motos producen muchas de ellas.

Que nos gustara a los dos el sushi era pura anécdota...

Yo iba a follar.

Y tú ibas a recogerme para follar.

¿Qué salió mal?

Salió mal que nos gustó la proximidad de los cuerpos en el agua. Poder mirarnos a los ojos mientras hablábamos, entendernos y respetarnos con nuestras grandes diferencias y enormes similitudes. Ocurrió que, saber que estabas duro mientras recorríamos el spa, me gustó tanto como la conversación sobre tu trabajo, tan extraño para mí como para ti el mío.

Ingeniería contra enfermería.

Y sucedió que... estando en la sauna, simplemente me moría de ganas de besarte...

Y tenía un miedo enorme a hacerlo.

Pero esa sensación se fue disipando a medida que ganaba confianza. En tu casa me tenías preparada una habitación con su cama acogedora en un ambiente bastante oriental. Era todo un detalle que simularas ser tan correcto como para permitirme pasar la noche apartado de tu cuerpo, que sabía que me deseaba tanto. Jugueteé en mi mente con la posibilidad de hacerte sufrir e irme a acostar al acabar la velada a la otra habitación, grabando tu cara de disgusto al verme alejar por el pasillo. Pensé en decirte, estando ya arropada, y por supuesto desnuda bajo las sábanas, si no merecía un beso de buenas noches. Te imaginé corriendo por el pasillo para sentarte al borde de la cama, atrapando mi rostro entre tus delicadas manos y plantando un posesivo beso en mis labios entreabiertos. Y más allá de eso... imaginar ya se me hacía tremendamente excitante, por lo que era mejor apartar las imágenes.

Te sugerí una ducha antes de la cena, para hacer desaparecer los restos del balneario del cual acabábamos de salir. ¿Habrías compartido normalmente tu baño con alguien? Con lo que te gustaban las imágenes de los cuerpos mojados apoyados sobre las mamparas de cristal, rictus de placer en los rostros, pollas envaradas y coños chorreantes. Miré tu plato de ducha y aún sabiendo que no era muy grande, me vi agachándome en él, enterrando la cabeza entre tus piernas para llevarme tu polla a la boca. Eso que después repetiría mil veces a lo largo de los años, pero que entonces quedaba tan vedado como la idea de repetir el fin de semana. Sería una locura no dejarlo, simplemente, en unos magníficos días, con multitud de risas, confidencias, buena comida y mejor sexo.

Sería una locura...

Te sugerí una ducha y arqueaste una ceja. Te preguntabas si en verdad estabas entendiendo bien e íbamos a meternos desnudos, sin más, en un espacio tan reducido. Cuando me viste desnudarme frente a ti, la polla ya no podía mantenerse quieta dentro del pantalón. Haciendo tú lo propio y poniéndote en mis mismas condiciones, me demostraste cuán excitado te tenía.

Me seguiste al baño, guiándome en una explicación muy de ingeniero sobre las virtudes de la termostática de tu ducha, sabiendo que en verdad lo que querías era tenerme atrapada entre tus brazos mientras yo te venía manipular con dedos expertos el mecanismo de control del agua. Una vez me dijo un profesor que era una delicia ver a un ingeniero toquetear objetos, pero hasta ese momento no había tenido yo el placer de verlo tan de cerca.

Sentía tu enorme erección apoyada en mis nalgas, casi con disimulo, y tu cabeza levemente asomada al balcón de mi hombro con vistas a mis pechos. Seguí imaginando esos dedos expertos entretenidos en partes de mi cuerpo que nada tenían que ver con la grifería, pero que en ese momento estaban igual de calientes que el agua que manaba a discreción de los mecanismos. Tus dedos pellizcando con sutileza mis pezones, separando mis pliegues y palpando los recovecos... Tus dedos entrando y saliendo de mi coño, follándome con pericia, hasta arrancarme el más sublime de los orgasmos...

Necesitaba agua mucho más fría en ese momento...

Pero conseguí lo impensable: frenarte yo...

Cuando tus manos se posaron en mis caderas para atraer, por fin, mi cuerpo hacia el tuyo, logré apartarlas indicándote de alguna forma que no era el momento. Si lo entendiste así o pensaste que la batalla estaba perdida... para mí es un misterio. No recuerdo si cayó tu erección o si resoplaste de impotencia ante la tremenda zorra que se había metido en tu ducha para menearte el culo delante de las narices y que ahora te prohibía el acceso a su cuerpo. Bastante ocupada estaba yo tratando de reprimir el impulso de restregarte el culo contra la polla, de arriba abajo, hasta conseguir que explotaras regándome con tu leche la espalda. Yo temblaba... pero aún tú no sabías lo que eso significaba para nosotros...

Pero creo recordar que tu polla estuvo dispuesta todo el tiempo que duró la ducha.

En verdad, estuviste empalmado casi todo el fin de semana.

Recuerdo que me lavaste el pelo. Nunca ningún hombre había tomado jabón en sus manos para masajearme el cabello. Mi primer impulso fue rechazar el contacto, pero luego me di cuenta de que me era sumamente agradable dejarme mimar por tus manos. Me tenías embelesada, disfrutando de tus dedos en zonas donde nunca había pensado que despertarían tanto goce. Y mientras la espuma ocultaba tus manos enredadas en mi cabellera, soñaba con que tirabas de unos cuantos mechones para hacerme la cabeza hacia atrás y robarme ese beso de forma apremiante. Menos mal que no metiste la mano entre mis piernas, pues me habrías encontrado tan mojada que habríamos sucumbido sin remedio contra la mampara de la ducha, reproduciendo las imágenes que tanto te gustaban, mientras el agua nos acompañaba en el entrechocar de cuerpos.

Tenemos que comprar un termo más grande...

Me ofreciste un enorme albornoz y pensé que estabas como loco por hacer desaparecer la visión de mi piel, para librarte por fin de la pecaminosa necesidad de enterrarte entre mis piernas, sin permiso, contra la pared del cuarto de baño... Y yo lo que quería era seguir exhibiendo mi culo a tus ojos, disfrutando de la sensación de ser tan deseada.

Le tengo mucha manía a ese puñetero albornoz, que lo sepas. Si al menos fuera más azul que amarillo...

No era necesario decir que necesitábamos poner ropa entre nuestros cuerpos para no acabar quedándonos sin la cena. Y mientras te vestías, te diste cuenta de que, aunque yo ponía tela sobre mi piel, no iba a servir de mucho. Lo de usar transparencias en Madrid en Marzo, aprendí luego, casi un año después, está hasta casi mal visto...

Pero sospeché que a ti te gustó ver mis pezones erectos a través de la seda negra de la blusa. No sabía cómo cojones ibas a poder manejar los palillos en el restaurante para hacerte con las piezas de pescado, pero estaba dispuesta a verte cogerlo con las manos si era preciso. Tenía la esperanza de que luego, terminada la cena, acabara limpiando uno a uno tus dedos con la punta de la lengua primero, para luego introducirlos en mi boca con sensual deleite, sin dejar de mirarte a los ojos mientras los chupaba y disfrutaba.

Tus dedos...

Sin duda... lo que me hizo continuar escribiéndote. La cara dura y el desparpajo que mostraste al mandarme la palma abierta de tu mano en una sencilla foto, donde se mostraba tu mesa de trabajo y un anillo que siempre echaré de menos en el quinto dedo. Esa primera foto que me cautivó, que me hizo imaginarte apoyando la mano sobre mis nalgas antes de embestirme por detrás, gimiendo como no sabía que hacías porque nunca había escuchado tu voz antes...

Tus dedos...

Esos que aferraron unos días más tarde tu polla, en tu cuarto de baño, para mandarme la foto que terminó de destrozar la resistencia que aún me quedaba. Tu mano cerrada sobre el trozo de carne que necesitaba sentir introduciéndose por todos los agujeros disponibles de mi cuerpo, todos los que quisieras usar y de la forma en la que los desearas. Algo tan sencillo como provocador, algo tan sutil... y tan perfecto. Nunca me has brindado una foto como aquella, salvo una de las últimas enviadas, rasurándote la pelvis con navaja de barbero, preparando tus partes varoniles para que mi lengua fuera a lamerte donde antes la cuchilla despobló el vello púbico. No podías haberme hecho mayor regalo...

Esas fotos que me hicieron mojar las bragas y que por desgracia no tengo en mi poder...

Me debes unas fotos...

Pero tus dedos aferraron bien el volante de tu coche. ¿Azul? ¡No me lo creo! Y sujetaron el pomo de la puerta del restaurante mientras me brindabas el paso, ofreciéndome, por vez primera y de forma muy simbólica, a las miradas obscenas de la mayoría de los hombres del local.

Me sentí una puta. Y ellos me sintieron así. Mi atuendo, tan adecuado normalmente en donde yo suelo desenvolverme, no pegaba ni con cola en aquella pequeña ciudad. Bueno..., probablemente, tampoco es que pegue demasiado en la mía, pero al menos el clima acompaña para poder ofrecer los pechos casi desnudos a los ojos de los que quieran mirarlos. Si llevaba falda o pantalón... probablemente pocos de los hombres del lugar podrían responder. Pero tú sí sabías que llevaba falda, que debajo no tenía bragas y que por lo que te había asegurado, ya en un par de ocasiones, siempre estaba húmeda cuando de hablar contigo se trataba. Sabías que solo debías acorralarme en un lugar un poco apartado, elevar mis caderas contra las tuyas y subir la tela elástica de la falda. Sabías que podía ser tuya, enterrándote con posesión, como yo tanto deseaba...

Pero yo no te había dado permiso.

Y tú eras todo un caballero.

Pues allí estábamos los dos. El tío que había pagado por los servicios de una señorita de compañía y la puta en cuestión. Reíamos, coqueteábamos y comíamos a gusto mientras no supimos decir si las horas pasaban lentas o muy rápidamente. Nos habíamos visto por primera vez hacía sólo un par de horas, pero sabíamos que se nos iban a hacer pocas las que nos quedaban. Nuestras primeras palabras, nuestras primeras imágenes de ambos...

¿Recuerdas tú mi primera foto?

Recuerdo la tuya, de un día de verano, donde lo que más destacaba era, sin duda, tu colmillo revirado...

Y ahora me empapaba de tus ojos verdes, de tu sonrisa sincera y tus canas de hombre madurito interesante. Y me mantenías asombrada de que pudieras manejar con soltura los palillos mientras me mirabas con tanto descaro las tetas.

Estabas deseando llevártelas a la boca.

Pero no eras el único... Menos mal que no se nos acercó ninguna esposa a pedirnos de buenas o malas formas que abandonáramos el local si teníamos una pizca de integridad. Tras dos años "madrileñeando" me he acostumbrado a la sensación de ser la más puta del barrio. Pero en aquel momento pensé que acabaríamos cenando en el asiendo de atrás de tu coche...

Y yo, entonces, seguro que acabaría comiendo otra cosa.

Cena terminada y ni recuerdo si pedimos postre. A día de hoy puedo decir que nunca te he visto saltarte uno, pero soy incapaz de recordarlo. Te necesitaba dentro de mí, de cualquiera de las mil formas que mi mente perversa era capaz de imaginar, pero que por principios y por mantener un poco más el morbo me seguía negando.

Y tú, que pensaste que la mejor forma de llevarme a tu cama y no a la de invitados sería, probablemente, emborrachándome... allí que me llevaste.

Y no me pediste un tequila.

Capullo.

En la mesa de al lado, como no, había una reunión masculina muy interesada en las transparencias de mi blusa. Para fastidiarte un poco por tu falta de tacto al no ofrecerme mi bebida preferida, me dediqué a hacerle caso a más de uno...

Pero mi puñetera pierna se empeñaba en restregarse contra la tuya, necesitando tu contacto. Y tus dedos se hallaban perdidos en el encaje delicado que forraba la rodilla, siguiendo el dibujo tan poco apropiado para la época en la que estábamos. Al día siguiente me arrepentiría, al salir del musical, de llevar unas medias tan poco abrigadas. Pero tú también te arrepentirías de llevar una chaqueta elegante para hacerte desear y complacerme en mi deseo de verte arreglado y apuesto, mi predispuesto ingeniero... Por lo tanto, y haciéndome sentir eso un poco menos idiota, ninguno de los dos se abrigó lo que tenía que abrigarse para las inclemencias del tiempo y ya no recuerdo si tuvimos que pagarlo a la siguiente semana con sendos catarros bien merecidos.

¿Recuerdas qué me pediste para beber?

Al menos, en tu defensa, diré que no pudiste darme más de una copa.

No sé si porque pensaste que tenía poco aguante con la bebida o si estabas tan ansioso por intentarlo por las buenas o las malas en la intimidad de tus paredes que un vaso de Licor 43 te pareció más que suficiente por aquella noche.

Y, en un momento, estábamos en el ascensor de tu casa, mirándonos a los ojos, olfateando el olor a deseo, respirando el aire que el otro necesitaba para no sentirse asfixiado por el calor del sexo no conseguido. Nunca cuatro pisos fueron tan largos...

Y nunca dos cerraduras en la puerta fueron tan odiosas.

Hay cosas que hacen que me derrita. Una de ellas hubiera sido que en ese momento cerraras la puerta con mi cuerpo, empujándome contra la madera de forma tan brusca que el portazo resonara despertando a toda la comunidad de vecinos. Si tus manos en ese momento llegan a enganchar mi pelo para robarme ese primer beso... habría sido irremediablemente tuya.

Pero hay muchas cosas que me derriten.

En verdad... soy igual de facilona que tú.

Y no hiciste ninguna de esas cosas. Te odié por respetarme tanto.

Si hice ademán de irme a otro cuarto, es irrelevante para la historia. Yo directamente me recuerdo tumbada en tu cama, esa que aún no tenía el horrible cuadro de la espiral que ahora lo corona y que tantos mareos me produce. No pude quitar cojines de encima del edredón porque la practicidad es tu forma de vida y los adornos superfluos no son lo tuyo. ¡Lo que te quedaba por tragar! Sé que estuve boca arriba, hablando de gilipolleces mientras tú me observabas muy de cerca, tumbado a mi vera. Sé que estuve de lado, con mi piel en llamas quemando y llamando a la tuya, pero sin conseguir que dieras nuevamente un paso en falso. Y estaba segura de que me deseabas... Podía notarlo en cada poro de tu piel. Tus ojos llameaban aún siendo del más dulce de los verdes. Había deseo en ellos, una necesidad primitiva de acabar con aquella tontería, tomarme de las piernas y hacerme callar con gemidos y alaridos de gusto. Me imaginaba bajo tu cuerpo, rodeando tus caderas con las mías, aceptando tu polla con cada embestida, aferrada a tu cuello.

Pero permanecías a la espera.

Y yo te necesitaba...

Sin remedio. Estaba perdida.

Sabía que sólo necesitabas escuchar una palabra. Esa que me negaba a darte porque sería todo tremendamente sencillo para ti. Deseaba que sucumbieras, que perdieras la cabeza y la razón por lo que necesitabas de mí y que te importara un carajo si te daba el poder que precisabas para tomarme de los cabellos para llevarme la polla a tu boca. No sé si en ese momento tenías decidido lo que harías primero conmigo, pero yo sí sé que no tengo ni idea de lo que deseaba para empezar...

Pero lo que necesitaba era empezar, sin duda alguna.

Te levantaste, como un resorte cuando traté de de ganar terreno contigo. Era un rechazo en toda regla. Ya desde el principio sabías cómo ponerme un buen castigo... Me mirabas desde el lado de la cama, sin saber si la cosa estaba perdida por aquella noche, pero deseando abalanzarte sobre mí, arrancándome la tan inapropiada blusa y dejándome expuesta para tus manos, tus labios, tu lengua y cualquier parte del cuerpo que quisiera unirse al festín que te ofrecía.

Y yo gemía por no tenerte haciendo exactamente eso.

Algún día tendré que decirle a tu madre que un poco menos de caballerosidad habría estado bien para inculcarte en tu etapa de crecimiento...

Pero viniste...

Viniste en cuanto te nombré. Eso sí que no podré olvidarlo en la vida. Giraste sobre los talones con elegancia, sin titubeos. Me miraste a dos metros de distancia y, de repente, ya no había espacio entre nosotros. La primera vez que sentí tu peso presionando mi cuerpo contra el colchón de la cama se me quedó grabada, estando yo boca abajo, con las manos entrelazadas. Grabé tus besos apasionados en el cuello, esos labios que por primera vez me probaban.

Viniste a buscar los diminutos botones, los bajos de mi falda y el lóbulo de mi oreja izquierda.

Viniste a por mí, duro como te quería...

Viniste a mí erecto... como te necesitaba.

Piel

Me enamoré de sus manos en el preciso momento en el que me rozó con piel temblorosa. Acababa de terminar la carrera y fui el regalo de graduación de su hermana pequeña, que había ahorrado durante varios meses la escueta paga que le entregaban sus padres.

Sentí su escalofrío.

Me enamoré de esas manos sin guantes de látex…

Y seguí amándolas la primera vez que me usó con ellos.

Recuerdo cada ocasión en la que me sacó de su bolso para practicar sobre un trozo de tela. Aprovechaba los ratos libres para mejorar las puntadas, con el pulso tembloroso por no conseguir darlas perfectas. El sudor de sus manos me confesaba que temía fallar y dejar una fea marca en la piel ajena que fuera a necesitarla. Me enamoré de ese olor salado que se quedaba atrapado entre mis engranajes. Lo respiré demasiadas noches como para que ahora, tras quince años, no acudiera a mi mente cuando lo recordaba.

Aprendí a amarla cuando me privó de su tacto, entendiendo que debía usarme con guantes. Odié el material inerte que se interponía entre su calor y la frialdad de mi metal, pero, aún así, sus dedos al final conseguían calentarme. Me sentía entonces como un animalillo

177

abandonado a su suerte en una cuneta, tiritando de frío, al que daban cobijo entre un regazo cálido y unas manos atentas. El calor pasaba de su piel a mi cuerpo y los guantes nada podían hacer por impedirlo.

Aunque no volví a saborear el salado sudor de sus nervios...

Sabía que, a pesar de que hubiesen pasado quince años, seguía sudando bajo la responsabilidad de hacerlo bien ante la piel dañada, que temblaba más que sus propias manos.

Me enamoré de cada gesto, de cada sonrisa de sus labios y de cada palabra de aliento a la persona a la que prodigaba sus cuidados...

Entendí, tras quinientos ochenta y seis lavados, que los restregones que me daba con el cepillo bajo el chorro de agua caliente eran también por mi propio bien. Comprendí, tras unas cuantas ocasiones más, que el hecho de meterme en aquel paquete de papel y plástico era necesario, aunque yo sintiera que me ahogaba cada vez que cerraba el envoltorio con su pegatina, dejándome sin aire.

Y aún ahora trato de acostumbrarme a la horrible sensación de ser introducido en ese agujero oscuro y frío, sobre una rejilla metálica.

Cada vez que cierra la puerta creo morir.

Tengo claustrofobia...

Los largos minutos a oscuras, mientras se llena de vapor caliente mi cárcel temporal me dan para grabar en mi mente esos instantes en los que volví a ser una prolongación de sus dedos. Sé que me aprecia por encima de todos esos otros que llegaron después, porque además de ser un regalo de su hermana aprendió conmigo a perderle el miedo a enterrar una aguja. Sé que por más que yo lo desee sólo volverá a tocarme sin esos guantes cuando me jubile, cuando tras largos años de servicio empiece a presentar óxido y mis engranajes no funcionen tan bien como antaño.

Sé que ese día llegará, pero rezo para que tarde mientras el vapor de agua ardiente calienta mi metal, como si estuviera empeñado en fundirme.

El muy puñetero...

Ese día puede que me deje en una repisa de su consulta, como un recuerdo. O tal vez me meta en uno de esos marcos anchos, como si fuera el primer patuco de uno de sus hijos, junto con una foto de su hermana, abrazadas ambas el día de la entrega de orlas.

Sería un bonito detalle tras tantos años de buenos servicios.

Tal vez, ese día... vuelva a besarme.

Pero aquí estoy otra vez, pasando el calvario al que sé que nunca llegaré a acostumbrarme, con el único consuelo de saber que en cuanto esta máquina infernal termine su ciclo aterrador ella volverá a buscarme, me tomará entre sus manos y me guardará nuevamente en su bolso de trabajo.

Sé que es una bandolera y que me lleva luego cerca de su cadera.

Sé cuándo llegamos a casa y cuándo estamos en el trabajo. Sé cuándo me lleva de un lado a otro en el coche, donde cientos de veces la he escuchado rogar para no tener que usarme de improviso porque a alguien le haga falta en una emergencia.

Sé cuándo es de noche y duerme...

Sé cuándo llegan las vacaciones y me da un respiro.

Me enamoré de ella en el preciso momento en el que me tomó entre sus dedos, con una piel que apenas había cumplido los veintiún años...

...Y espero que tenga arrugas en ella cuando decida que ya no le puedo prestar mejor servicio.

No pensaba

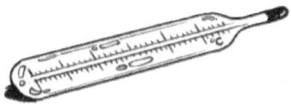

No pensaba ir al almuerzo de Navidad del centro de salud. Me cae mal la directora. Me caen mal las administrativas. En verdad, me cae mal todo el equipo. No pensaba dejar fuera del saco a los médicos, que son los que peor me caen.

Y, aun así, sonrío.

No pensaba levantar la copa en el primer brindis, cuando todos desearon al unísono disfrutar de muchos años más de trabajo, en el mismo centro, viendo las mismas caras, saludando a los mismos pacientes. Yo en ese momento eché mano al bolso, donde tengo mi décimo de lotería premiado -o al menos deseo que lo esté, que lo primero es visualizarlo- y digo en voz baja, al levantar mi copa, que les den a todos porque yo pienso envejecer en Bali como muy cerca.

No pensaba pasar la comida de una mano a otra, acercando los platos a los compañeros que me iban pidiendo que colaborara. Tenía suficiente hambre después de la mañana que me habían dado los médicos de urgencias como para hacer lo que me pedía el cuerpo y atiborrarme con los canapés que estaban poniendo sobre la mesa los camareros. La mayoría de ellos no tenían muy buena pinta -ni los camareros tampoco, dicho sea de paso-, pero había comido cosas peores en mis noches de guardia y mi estómago sólo se iba a permitir ser sibarita cuando tuviera cobrado mi premio de la lotería.

¿He dicho que voy a ganar la lotería?

Pues eso, por si no te habías enterado.

No pensaba ponerme delante de la cámara en la foto de grupo. Que me retrataran con aquella panda en una fotografía que quedaría para los restos trinchada en el tablón de corcho de la sala de estar del centro de salud no era, lo que se decía, mi ideal de envejecer con dignidad. Mientras ella perdiera color ahí, al sol, oliendo a café y llenándose de huellas dactilares -a saber si esas manos habrían pasado por algo de jabón antes de tocarla- yo pensaba cogerlo en una de las playas en las que estaría derrochando -con cabeza, siempre con cabeza- mi fortuna. No quería que se me recordara con ese vestido de Zara que había ido a comprar en el último momento, sino con los que llevaría, de Chanel, a las recepciones de los hoteles que visitaría en mis múltiples viajes.

No pensaba tomarme aquella última copa. Las últimas siempre son malas. Mi madre solía comentar que en las fiestas de empresa hay que comer poco y beber menos, ya que no pueden pensar que te mueres de hambre ni que te gusta empinar el codo. Pues esa tarde no hice ni una cosa ni la otra y tras tener el vestido lleno de migas y el gaznate áspero de tanto vino, ya no recordaba ni el nombre de mi madre.

Al final no iba a estar tan mal eso de irse de almuerzo con los compañeros de trabajo para desear los buenos propósitos ahora que llegaban las Navidades.

No pensaba salir a bailar cuando aquel enfermero me dijo que quería enseñarme unos cuantos pasos. Los tacones no me soportaban bien el peso y no precisamente porque yo fuera pasada de kilos -sin contar con los que había ganado con los canapés que preferí comerme antes de pasar la bandeja- ni por las copas de más que me hacían temblar las piernas. Me torcí el tobillo en la tercera estrofa de la canción de moda y maldije tan alto y de forma tan obscena que los camareros, esos que no estaban buenos antes, pero que en ese momento ya tenían su puntillo gracias a mi relación clandestina con el alcohol, se ofrecieron a pedir una ambulancia.

No pensaba terminar esa noche nuevamente en urgencias.

Pero allí estaba, otra vez en el centro de salud, que resultaba ser el más cercano al restaurante, dejando que un médico que me cae mal me examinara la pierna, riéndose de que al sentarme en la camilla se diera cuenta de que no llevaba bragas y esperando a que la enfermera fuera a ponerme una venda que me dejará luego la piel completamente depilada en cuanto demos unos cuantos tirones para retirarla.

No pensaba reírme con ellos.

No pensaba hacerme un selfie que mandaría luego a las redes sociales presentando a "mis coleguillas de toda la vida" refiriéndome a aquel médico y a la enfermera. Imagino que ellos tampoco pensaban sacársela conmigo, con cara de ebria y vestida de fiesta para asistir a un almuerzo al que ellos no habían podido ir porque les había tocado pringar en el turno que nadie quería. Yo les habría hecho un favor y me habría quedado allí con ellos, pero ya había tenido suficientes urgencias por un día.

Y no pensaba regalarles mi décimo de lotería premiado -actitud ante todo, que ya me tocará otra vez un premio gordo y aquella pobre gente parecía andar necesitada de algo de dinerillo para pagarse la peluquería-, pero yo soy muy buena persona y, aunque no me guste relacionarme con nadie, se me da bien fingir que me cae bien mi equipo de trabajo. Es lo que tiene trabajar con personas y necesitar poner buena cara, aunque te estés muriendo por dentro, como cuando te empiezan a hacer daño en el estómago la cantidad ingente de canapés que los camareros me obligaron a zamparme.

Creo que me estoy mareando...

Espero no volver a pensar en acabar la noche en casa del enfermero que me sacó a bailar... y que me está esperando en la puerta del centro de salud después de enterarse, también, de que no llevo bragas.

Acerca de Magela Gracia

Si es la primera vez que lees algo mío te doy la bienvenida a mis fantasías, a mis realidades, a mis historias.

Soy escritora erótica desde hace más de diez años. Por aquella época, mis relatos los escribía para mí o, como mucho, para compartirlos con mi pequeño grupo de amigos. Llegó un momento en el que alguien me incitó a abrir mi primer blog, hace ya más de cinco años. Se llamó Cartas de mi Puta y, aunque era un pequeño proyecto, se fue haciendo grande gracias a los lectores que fui atesorando. También, coincidiendo con el inicio de mi incursión en el mundo virtual, fui cambiando el género y del erotismo pasé a algo que podría catalogarse más bien como pornografía con sentido.

No es sólo sexo…, pero yo no insinúo nada.

Puedo gustarte, puedo horrorizarte…, pero siempre espero que sientas algo con lo que escribo.

En el 2014 lancé mi propia web, con varios blogs que abarcan temáticas tan dispares como el humor o el relato corto, pasando por mi especialidad, el sexo. Te invito a que te acerques al mundo **magelagracia.com**, una web hecha para olvidarte de todo y volver a lo primero, a los instintos más básicos, a la excitación sin más…, aunque no sólo va de eso.

Espero verte por allí, y que quieras compartir mis fantasías.

También, en 2014, lancé mi primera recopilación de relatos cortos de temática sexual, *"Una Mancha en la Cama"*, un libro lleno de morbo, contado por una voyeur que encuentra sexo allá donde mira, porque tiene la mente perversa. Está a la venta en Amazon, en su cuarta edición ilustrada.

En 2016 terminé de escribir la saga *"La Otra"*, mi segunda novela. Se compone de *Historia de la Amante*, *Ya no soy la Amante* y *Nunca más seré la Amante*. Salieron a la venta a finales del 2016 con Editorial Planeta en formato digital. También la tienes en Amazon en papel. En esa trilogía cuento las desventuras de una mujer que se entera que su novio tiene novia, y que ella es simplemente su amante. Me encantaría que le dieras una oportunidad a la historia de Olivia, Octavio y Oziel. Pasional como pocas...

También en 2016 saqué a la venta la saga *"Su Hermano"*, una historia tan morbosa que de pronto se convirtió en el libro preferido de miles de lectoras en las vacaciones de verano. Tanto ha enganchado la historia de Bea y Víctor que en un principio fue censurada, ya tienes las dos partes de la edición especial. *Desearás lo Prohibido* y *Lucharás por lo Prohibido*. ¿Querrás sumergirte en el morbo de las aventuras de una adolescente con las hormonas revolucionadas?

Y aquí sigo, siempre con ideas en la cabeza, siempre deseando tener un ratito para ponerme a escribir palabras a un folio en blanco.

Espero que vuelvas a buscarme. Tengo muchas ganas de que lo hagas.

Besos perversos.

Magela Gracia
La autora erótica que nadie reconoce leer...

Y ahora... ¿Qué?

Si has llegado hasta esta página quiero darte enormemente las gracias. Gracias por haber comprado mi primer libro no erótico -o al menos no enteramente erótico-, pero, sobre todo, gracias por haberlo leído.

Es difícil embarcarse en un proyecto como el de dedicarte a la escritura. Por eso es tan importante para mí que haya ahí un lector que, sin conocerme de nada, haya decidido darle una oportunidad a mi estilo, mi temática y mi forma de plantear los relatos.

Por todo ello, mil gracias.

Empecé a escribir historias eróticas hace ya más de diez años. Con el tiempo, en vez de seguir con la literatura encaminada a erotizar me dio por probar cosas nuevas. Un día, en vez de escribir miembro escribí polla... y describí una relación sexual como me gustaría leerla a mí. Fuerte, sexual, vibrante... y muy morbosa. Me gustó tanto que ahora me cuesta bajar el tono de mis relatos. Pero eso, imagino, ya lo habrás notado.

Pero no escribo sólo sobre sexo y eso tenía muchas ganas de demostrarlo.

Soy enfermera, por lo que ya tocaba que hiciera algo un poco más serio con la profesión que estudié en su momento y que me da todavía de comer. Todas esas enfermeras que nos dedicamos a cuidar nos merecíamos un libro que tratara sobre nosotras.

En mi web podrás encontrar muchísimos relatos, mis diferentes blogs con temáticas diversas. Espero que te animes a pasarte por allí: **magelagracia.com**

Me gustaría hacerte un regalo por acercarte a mi libro, a mi web y al mundo Magela Gracia. Si me envías un correo a **deenfermerasypacientes@magelagracia.com** recibirás mis novedades como escritora y te enviaré un último relato exclusivo e inédito para completar los que ya te has leído del libro que tienes entre las manos. De esa forma quiero recompensarte el haber depositado tu confianza en mi libro. Espero que lo hagas, que me saludes y que me cuentes tus impresiones sobre el libro, que me digas hola... Tengo muchas ganas de saber que existes. Sería un enorme placer agradecerte el haber conectado a través de un libro.

Gracias por estar ahí.

Hasta pronto.

Besos perversos.

Magela Gracia

¿Otra historia?

¿Quieres conocer a más personajes de Magela Gracia?

Sigue leyendo...

... aunque después no lo reconozcas.

La Otra. Historia De La Amante

Prólogo

Se me atragantaron sus palabras. Realmente, la sensación fue más como si hubiera recibido una patada en el centro del pecho, impidiéndome la respiración. No me lo esperaba y más después de los meses que llevábamos juntos.

Dolía...

Mi mente luchó entre la incredulidad del momento, pensando que simplemente era una broma de mal gusto y la necesidad de no parecer tan descompuesta como me imaginé que se me veía. Tenía ganas de vomitar, pero desde luego no era de las cosas que se podían catalogar como lucir impertérrita. No sabía si debía guardarme el disgusto o reconocerle que había sido tan cruel que no estaba segura de poder perdonarle.

¿Cómo podía ser tan imbécil? ¿Perdonarle? ¿Estaba loca?

Llevaba saliendo con este hombre casi un año. ¡Doce jodidos meses! Y en ese momento me miraba con ojos caídos, como si en verdad mereciera que le acariciara con ternura el rostro y le dijera que nada había cambiado. Que le quería y que podría superar por él todas las adversidades.

Sabía mentir francamente bien, el muy mal nacido. Si por lo menos no estuviera tan enamorada… Yo no sabía hacerlo tan bien y lo necesitada en ese momento más que nada en el mundo. Mentir me era tan necesario como respirar.

El que creía mi novio me tomó de la mano y la envolvió entre las suyas. Eran manos gruesas y fuertes, aunque bien cuidadas. Se notaba que habían trabajado poco en la vida, salvo para aferrar el manillar de su pesada Ducatti, trabajar con las mancuernas y manejar mi cabeza mientras me guiaba para que le envolviera la polla con los labios en el interior de la boca. Esas manos, que me habían aferrado tantas veces el cabello para follarme, eran mi perdición. Siempre me había gustado sentir su contacto y entonces luchaba por rechazarlo, apartar la mía y propinarle el fuerte bofetón que merecía, que le dejara la cara marcada durante lo que restaba de día.

Y con el que la otra le viera mis dedos pintados de rojo, decorándole la mejilla.

Al final logré apartar mi piel de la suya y, aunque, de repente, se me helaron las manos, sabía que era lo correcto. Necesitaba tiempo para asimilarlo todo. La cabeza no paraba de darme vueltas y tomar decisiones sin reposar los sentimientos, nunca solía salirme bien. Y a pesar de tener claro que en esa ocasión no habría respuestas acertadas o equivocadas, simplemente porque con los sentimientos nunca las hay, necesité salir del interior del coche. Después de esos largos minutos tras su confesión, ya me había convencido que no era una broma y de que el dolor que sentía en el fondo del pecho iba a durarme mucho más que cualquiera de los golpes que me había dado mi profesor de defensa personal en el gimnasio.

Aquello era real y mi novio no dejaba de mirarme, esperando, con rostro lastimero.

¡El muy hijo de puta!

El cuero de la tapicería amenazó con hacerme sudar con su contacto en los muslos, donde otras veces tanto lo había agradecido, mientras me aferraba a él en la intimidad de un aparcamiento en penumbra, cuando nos abandonábamos al olor a sexo. Poco importaba si nos retrasábamos con la reserva de la mesa para cenar en esos momentos. Me sentí la tela del vestido pegada a la piel de la espalda y, de repente, no me gustó nada la idea de dejarle las marcas en el coche, signo de mi maldita debilidad.

Un año engañada...

Ciertamente, necesitaba coger un poco de aire, escabullirme entre el bullicio del tráfico y no parar antes de sentir el dolor punzante del roce de los zapatos nuevos, de un escandaloso charol rojo e imposibles tacones. Me imaginé arrojándoselos a la cabeza si se atrevía a perseguirme con el coche...

Un año era mucho tiempo. Ese dato no podía, sencillamente, pasar desapercibido. En un año se presentaban muchas oportunidades para sincerarse, para tomar la opción correcta, por dolorosa que pudiera ser para ambos, y comportarse como un adulto asumiendo las consecuencias de los actos. En un año habían muchos abrazos en la cama tras las interminables horas de sexo, muchos almuerzos rápidos compartiendo confidencias y hasta un par de mini vacaciones de un fin de semana, alejados del estrés diario. Incluso un par de días separados por la visita que acababa de hacerle a mi hermana en Navidades.

Un año daba para mucho…

Me estaba asfixiando.

Abrí la puerta del coche y puse los pies en el asfalto. No recuerdo si fui yo la que recordé coger mi bolso o si fue él quien me lo tendió, entendiendo que no conseguiría meterme nuevamente en el habitáculo para hablar. La calle me dio vueltas y los olores no me lo pusieron más fácil. De pronto, estuve al otro lado del suelo asfaltado, en la acera y lo miré con ojos perdidos, como si lo viera por primera vez.

Era un perfecto desconocido.

Había salido por su puerta y me miraba, sin atreverse a decir nada.

Su imagen recortada sobre el fondo oscuro del coche me evocó el recuerdo de la primera vez que me recogió a la salida del trabajo, hacía ya tantos meses. Entonces el automóvil era otro, él vestía ligeramente diferente y su sonrisa, desde luego, era mucho más excitante que el rictus de incredulidad que le adornaba en ese momento la cara. Teníamos muchas historias a las espaldas, muchos encuentros, muchas emociones.

Mucho sexo…

Lo miré como si lo viera por vez primera, observando al capullo que me acababa de decir que tenía una amante desde hacía un año.

Simplemente no podía creerlo.

Las lágrimas me empezaron a rodar por las mejillas, estropeando el maquillaje de día; ese maquillaje que había esperado descomponer con la saliva de su boca al besarme, con el sudor despertado con sus embestidas y mis lágrimas escapadas por descuido durante un magnífico orgasmo. En la entrepierna aún sentía el escozor de su polla, follándome minutos antes en el cuarto de baño de mi oficina. Olía a corrida apresurada. Ahora podía entender que deseara con tanta ansia empotrarme contra los azulejos del baño, abrirme de piernas mientras deslizaba con rapidez el bajo de mi falda hasta la cadera, para enterrarse de frente aún a riesgo de mancharse los pantalones del traje. La sorpresa de su deseo me había encendido y no había encontrado resistencia en la decena de embestidas que duró hasta me llenó por entera de leche.

Aún podía escucharlo gemir contra mi cara.

Mi novio tenía una amante.

Me había follado antes de contármelo por si mi reacción acababa siendo precisamente la que había tenido. Quería correrse, simplemente por si era la última vez que conseguía hacerlo dentro de mi cuerpo.

La última vez que obtenía el placer que tanto le gustaba.

En ese momento, su leche resbalaba por el interior de mis muslos y no sabía bien qué necesitaba hacer con ella. Mi lado vicioso me decía que podía retener a ese hombre a mi lado y que lo único que tenía que hacer era comportarme como la puta que había sido siempre en el sexo. Llevarme un par de dedos a los muslos, sin quitarle los ojos de encima y luego probarlo mezclado con el sabor que desprendía yo. Octavio no podría resistirse a eso y yo podría olvidar todo el daño que me había hecho en unos insignificantes minutos.

Pero no quería ni pensar en olvidar el daño de doce meses. Eso era muy complicado de asimilar. Bastaba con olvidar lo que acababa de confesarme, sin más...

Hacer como si nada hubiera pasado.

Pero mi lado enojado me arrastraba a bajarme las bragas, limpiarme en medio de la calle con ellas y arrojárselas lo más fuerte posible, tratando de acertarle en la cara. Sabía que estaba demasiado lejos como para que la tela no acabara cayendo en el parabrisas de cualquiera de los coches que circulaban por la calle y que, afortunadamente, nos hacían en ese momento de barrera.

Lo odié con todas mis fuerzas...

Empecé a llorar sin poder controlarlo. Y con la poca dignidad que me quedaba, conseguí darme la vuelta y empezar a avanzar sin rumbo, con la única necesidad de alejarme de él. No podía apostar si se quedó, mirándome marchar o si volvió al interior de su Audi para alejarse de mí, arrancándome de su vida.

Pero a ese hombre siempre le había encantado mi trasero y apostaré a que, aunque fuera sólo por si no volvía a verlo, esperó hasta que doblé la primera esquina, donde me derrumbé en el suelo y lloré amargamente durante lo que me parecieron horas.

Mi novio tenía una amante...

Y era yo.

Podrás encontrar
"La Otra. Historia De La Amante"
en